HAPPY BIRTHDAY!

今日はあなたの特別な日

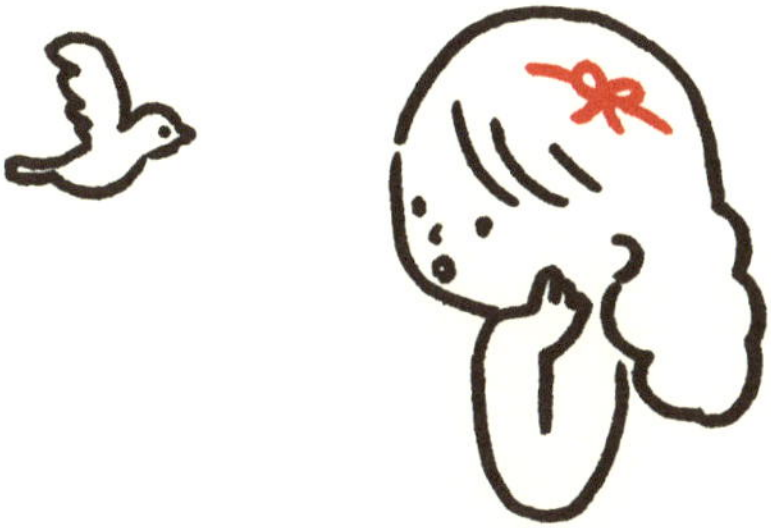

〝おめでとう〟って言いながら
みんな笑ってる

〝ありがとう〟って言いながら
あなたも笑ってる

ずっと前から想ってること
今日なら照れずに言えるかな

いつも一緒にいてくれてありがとう
あなたのことをすごく大切に想ってます

あなたがいてくれてよかった
あなたがこの世に生まれてくれて
本当によかった
あなたは私の生きる力です

だからどうかいつまでも、
そのままのあなたでいてください

お誕生日おめでとう

この世で一番大切な日

心温まる31の誕生日ストーリー

Heartwarming Birthday Stories

MinxZone
十川ゆかり
Sogo Yukari

sanctuary books

CONTENTS

Heartwarming
Birthday Stories

CONTENTS

Heartwarming
Birthday Stories

EPISODE

1

Heartwarming
Birthday Stories

見知らぬおじさん

Strange man

私には妻がいたが、一人娘が1歳と2ヵ月のときに離婚することになった。酒癖の悪かった私は暴力を振るうこともあり、幼い娘に危害がおよぶことを恐れた妻が子どもを守るために選んだ道だった。

私は自分がしてしまったことを心の底から悔やんでいる。そして今では付き合いといえども酒は一滴も飲まないことにしている。

もちろんだからといって「よりを戻してくれ」なんて言うつもりもないし、言える立場でもないことはわかっている。

ただ元妻と娘には本当に幸せになってほしいと思う。その気持ちに嘘はなかった。

離婚するとき、私は妻と2つの約束をした。ひとつは年に一度、娘の誕生日だけは会いにきてもいいということ。もうひとつは、そのときに自分が父親であるという事実を娘には明かさないでほしいということ。

自分が父親だということを言えない。それは私にとってつらい決まり事ではあったが、娘にとってはそれが最良の選択であることもわかっている。年に一度、娘の誕生日を一緒に祝えるだけでも感謝しないといけない。

それ以来、娘の誕生日にはプレゼントを買い、ふだんは着ないスーツを着て母子に会いにいった。

元妻は私のことを「遠い親戚のおじさん」と紹介した。娘も冗談なのかなんなのか私のことを「見知らぬおじさん」と呼んだ。

娘は人見知りだったが、少しずつ打ち解けていって、元妻と3人で近所の公園へ遊びに行くこともできた。まわりから見れば仲睦まじい家族に見えていたかもしれない。

それは私にとって、なににも替えがたいほど幸せな時間だった。これが平凡な日常ならば、どれほど素晴らしいことだろうか。

年に一度のこの日のことを思うだけで、酒を遠ざけることができた。

だが長くは続かなかった。娘が小学校にあがる年のことだ。

例年通り私がスーツを着てプレゼントを持って母子のもとを訪れると、元妻から「もう会いに来るのは最後にしてほしい」と言われた。

そろそろいろんなことを理解してしまう年頃だからと。

それが理由だと言う。

私にはわかっていた。

新しいことがはじまろうとしているのだ。

娘にもやがて一緒に誕生日を祝う同級生ができるだろう。

元妻は、再婚を考えているかもしれない。

そんなところに〝見知らぬおじさん〟がいてはいけない。


私だけが過去の中にいた。

年に一度、家族のような時間をくり返せば、いつかふたりが私を「お父さん」と呼んでくれる日が来るかもしれないと、そう本気で信じていた私は愚かだった。

どれほど切実に願っても、一度壊れてしまったものは元には戻らない。

これが現実かと思い知った。

「あ、見知らぬおじさんだ！　今日は遊びに行かないの？」

「今日はね、おじさんもう行かなきゃいけないんだ」

「なんだ、ざんねん！」

母子にとってはそれが一番の選択なのだ。

「ごめんね。元気でね」私は力一杯目をつぶり、手を振る幼い娘の姿をまぶたの裏に焼き付けた。

「ばいばい！」

それ以来、母子と会うことはなくなった。

＊

だが娘の誕生日だけはどうしても忘れられず、毎年プレゼントだけを贈り続けた。筆箱や本といったささやかな物を、差出人の欄にはなにも書かずに送った。

それを元妻が娘に渡してくれていたかどうかはわからない。ただ「娘の誕生日を祝う」という行為だけが小さな楽しみになっていたのだ。

それも、娘が中学生になる年にはやめようと決めていた。

娘からすれば私は知らないおじさん、こうしてずっとプレゼントが届いても迷惑だろう。
娘には新しい未来がある。私も別の道を歩まなければいけない。
ただ娘の幸せだけを願い、英語の辞書を送って最後にすることにした。

それから1ヵ月ほど経ったある日、私のアパートに郵便物が届いた。

差出人の欄にはなにも書かれていない。

小さな箱を開けてみると、中から出てきたのは水色のネクタイピンとメッセージカード。
メッセージカードを開くと、そこには初めて見る可愛らしい文字が並んでいた。

〈いつも素敵な誕生日プレゼントをありがとう。
私もお返しをしようと思ったのだけど誕生日がわからなかったので（汗）
今日送ることにしました！　気に入るかなあ……見知らぬ子どもより〉

その瞬間はっとした。

その日は、父の日だった。

EPISODE 1

Heartwarming Birthday Stories

その人がお父さんであること。そしてその人のことを、事情があって「お父さん」と呼べないこと。きっと娘さんは気づいていたんだね。「父の日」を選んでプレゼントを贈ったのも素敵な演出なんかじゃなくて、きっと「贈り物をしてみたい」という素直な気持ちをただ行動にうつしただけ。親子のきずなは断ち切れない。たとえそれがどれだけ細くて頼りなかったとしても。

EPISODE 2

Heartwarming Birthday Stories

ぼくの生まれた日

The day I was born

『ぼくの生まれた日』

国民的アニメ・ドラえもんの映画版ストーリーだ。

幼い甥っ子の子守りがてら見に行ったドラえもんの映画。

まさかその映画で自分が涙するなんて思っていなかった。

たしかこんな物語だった。

主人公ののび太がいつも通り両親から説教を受ける。

頭にきたのび太は「お母さんは本当は僕のお母さんじゃないんだ！　だからあんなに僕のことを怒るんだ！」などと言い出す。

「じゃあ、タイムマシンで見に行ってみる？」と、ドラえもん。

こうしてのび太はドラえもんと一緒に、自分が生まれた日の様子を見に行く。

そこでのび太は自分も知らなかった親の大きな愛情を目の当たりにすることになる。

映画で泣くことはなかった俺が、まさかドラえもんで泣いてしまうとは……こんな顔はとても甥っ子には見せられないと思って、帽子を深くかぶり直したのをよく覚えている。

帽子をかぶっていて本当に良かった。

しかしふだんはクールなキャラで通っている俺が〝ドラえもんで涙した〟という出来事は、仲間内では単なる笑い話となり、今では「ユウトは号泣のあまりしばらく席を立てなかった」とかいう尾ひれまで付いていた。


思えばあの頃の俺は、まだ母とも仲良くやっていた。

甥っ子を映画に連れていってやれるくらい、気の利いた叔父だったのだ。

それから俺がなかなか定職に就かないことにくどくど嫌みを言ってくる母と大げんかをして、京都の実家を飛び出したのが3年前。

「出て行ったるわこんな家！」最後にそんな言葉を吐き捨て、あれから母どころか親戚の誰とも連絡を取っていない。

それから俺は岐阜県の知り合いが経営するバーで住み込みで働くことになり、〝一流のバーテンダーになって自分の店を持つ〟そんな夢を持ちながらひっそり暮らしていた。

だが30歳の誕生日のとき、地元の友だちがはるばる岐阜まで押しかけてきた。

親友のテル、デブの谷口、遠距離恋愛中の彼女も一緒。店の上に借りていた俺のワンルームはあっという間に人であふれた。

「ユウト！　ちょっとみんなのジュース買ってきてえや！」と彼女が俺に言う。

「いや、誕生日のヤツに言うかフツー」

そう言いながらも、みんながはるばる会いに来てくれたことに気を良くしていた俺は、快く使いっ走りを引き受けた。

そしてコンビニで買い物を済ませ、ペットボトルのコーラを抱えて部屋に戻ってきたとき、俺はぎょっとした。部屋の真ん中に小型のプロジェクター、壁一面に真っ白いスクリーン。

「今日はみんなで映画見ようと思ってな！」と親友のテル。

「は？　いや意味わからんし」俺はよくわけがわからないまま畳の上に座らされた。

間もなくして部屋の電気が消され、映画がはじまった。

真っ黒の画面に映し出されたタイトルは、

〝ぼくの生まれた日〟

まだ状況をつかめていない俺の戸惑いをよそに物語がはじまる。

それはドラえもんではなかったし、そもそもアニメでもなかった。

まず実家の近所の公園のベンチが映し出された。

そこでだるそうにタバコを吸っているのは、テルだ。

「なにこれ？」

という俺のつぶやきには誰も答えてくれないので、仕方なくスクリーンに視線を戻す。

画面の中のテルが、芝居がかった口調でしゃべり出した。

「ああー！　むかつくわあのオカン！」

すると青い全身タイツを着た、顔を青と白でペイントした谷口が登場してひと言、

「ユウト君またそんなことを言って〜」

部屋で失笑が起こる。

まさかこいつドラえもんのつもりなのか？

画面の中のテルは気にせずに続ける。

「いや、あのオカンは絶対俺のオカンやない！　あんな家出て行ってやる！」

……そうか、しかもこの画面の中のテルは今、俺（ユウト）という設定なんだ。

どうりで服装も俺っぽい。

「よし、じゃあタイムマシンで見に行こう！」

と谷口……いやドラえもんが言う。

「ええぞ、行ってやる！」

と画面の中の俺は勢いよく言って、ドラえもんと二人で歩き出した。

30年前というテロップが出て、舞台はどこかの病室へ。なんだタイムマシーンは出てこないのか。

病室のベッドで赤ん坊を抱いている女性がいる。彼女だ。

赤ん坊と言っても、よくある玩具の赤ちゃん人形に俺の顔写真を引き伸ばしたヤツが張ってある、という雑な赤ちゃんだ。

ここでもう一度失笑が起こった。

おもむろに画面の中の彼女がしゃべり出す。

「この子の名前はユウト。人の痛みがわかる優しい子に育つように……」

俺役のテルが大写しになる。その目は少し潤んでいるようにも見える。

そうだ、こうして俺は優人と名付けられたんだ。

「ほらね、君はちゃんと愛されて生まれてきたんだよ！」

と谷口ドラえもんが叫ぶ。

せっかく胸が熱くなりかけたのに、こいつの青白にペイントされた顔が台無しにする。

画面が暗転し、「そして現在……」というテロップが出た。

どこかの家の廊下をカメラが進む。カメラはいつの間にか主観的な視点に変わっていて、もう俺の格好をしたテルも、谷口ドラえもんもいない。

そしてそこは見間違うはずもない、実家の廊下だった。

ぎしぎしと床をきしませながらカメラは進み、突き当たりのドアの前で止まる。そこはもちろん、俺の部屋だった場所だ。

ドアがゆっくり開いて、懐かしい俺の部屋の中が映る。

タバコの臭いまでしてきそうな気がした。


オカンが立っていた。

少し痩せて小さくなったように感じたが、それは間違いなくオカンだった。

ぎこちない笑みを浮かべながらカメラを見ていた。

「ユウト、元気にやってる？」

そして今ここにいる俺に向かって話しはじめる。


「いまは岐阜でがんばってるんやて？　目標を見つけたんやね。良かったね。でも中途はんぱで投げ出したらあかんよ。あんたは短気やからね。それと、こんなすてきなお友だちがいて。あとお世話になっている仕事の上司も。そういうまわりの人たちに対する感謝の気持ちだけは、忘れんといてね。バーのお仕事がんばって。いつかお父さんと呑みにいくから。それじゃあ体に気ぃつけて。疲れたら、いつでも休みに帰っておいで」

俺は画面をじっと見ていた。

「……ユウト、30歳のお誕生日おめでとうね」

酒なんて呑めんくせに。

でもオカンは、オカンのままだった。

無印のベッドもビクターのコンポもタバコで黄ばんだエメラルドグリーンのカーテンも、あの家を出た日からなに一つ変わっていなかった。

俺はもう大人だと思ってたが、オカンにとっては息子のままだったのだ。

強がって、ひとりで遠く離れた場所にやってきて、強引に家族の縁を断ち切ろうとして、少しずつ不安を感じていた自分が、ものすごくちっぽけな存在に思えた。

目に涙があふれた。

俺はなにも話すことができない。
みんなに笑われるかと思ったが、みんなは画面に拍手を送っていた。
谷口なんか俺より泣いていた。
何人かのスタッフの名前が流れているが、なんて書いてあるのかさっぱり見えない。
顔も上げられなくなった。もうみんながどんな顔をしているのかわからない。
でもこれだけはわかる。

俺は幸せ者だ。

EPISODE 2

Heartwarming Birthday Stories

どんなに離れていても、たとえ何年も会っていなくても、心の中でずっと生きている人がいる。あなたがあの人のことを思い出すように、あの人もあなたを思い出すことがある。そうやって人はつながっている。いまは遠くにいるあの人に、今日は「お誕生日おめでとう」。いつかまた笑顔で会える日まで。

EPISODE
3
Heartwarming
Birthday Stories

想いのリレー

Kindness relay

窓に当たる雨が強くなった気がする。

そういえば今朝の天気予報で梅雨入りを発表していたっけ。


今日は息子の9歳の誕生日。

私は新大阪に向かうタクシーの後部座席に座っていた。

誕生日はUSJに連れていってやる、という約束は、急遽入った出張によりフイになった。

わきに置いたプレゼント包装された箱。中には大阪で買ったバスケットシューズが入っている。

息子はこれで許してくれるだろうか……。

それよりまずは、9時半のひかり号最終電車に間に合わなければいけない。

会社からは宿泊代が出ることにはなっているが、〝今日〟帰ってプレゼントを渡すことが重要なのだ。


タクシーの運転手は熟練者らしい初老の男性だった。「なるべく急いで」という私のお願いに「わかりました」と低い声で応じ、それから一度も口を開くことなく運転に集中している。

運転はとてもおだやかでありながら、かといって遅いわけでもない。

タクシーはまるで水滴が壁を伝うように、するすると夜の新御堂筋を通り抜けていった。

雨の音とワイパーの動く音だけが響く車内。フロントガラスの助手席側には運転手の証明書が提示してあり、生真面目そうな顔がこちらを見据えている。

「プレゼントですか?」

不意に運転手が話しかけてきた。

「え?」私は少し面食らいながらも「……そうなんですよ。息子が今日誕生日でしてね。でも急な出張でまいりました。家ですねてるかもしれない。それでなんとか9時半のひかりに間に合わせてほしくて」と答えた。

ルームミラー越しに運転手は微笑む。

「そうでしたか。それなら、なおさら急がなければいけませんなあ。息子さんを悲しませちゃいけない。9時半のひかりですね?」

関西弁が混ざったおだやかな物言い。それとは裏腹に車のスピードがぐっと上がった。

「運転手さん、お子さんは?」すると返事のかわりに「お客さん、渋滞ですねえ」という弱々しい言葉が返ってきた。

スムーズに流れていた道も新大阪駅のひとつ手前、東三国駅が見えたあたりから混雑しはじめ、気づけばタクシーは完全に停車している。

でもあと数百メートルで新大阪駅ということもあり、私はそれほど気にならなかった。

しかし運転手さんのひと言で急に心配になってくる。

「お客さん、こりゃあ普通の渋滞じゃあない」

「どういうことです？」

「前方で事故かなにかありましたねえ。事故の規模にもよりますけど、この分やとちょっとしばらく動かなさそうですよ」

新御堂筋線は一般道ではあるが、高速道路のような高架道路になっている。一度乗ると次の出口までまったく身動きが取れなくなるのだ。

なんということだろう……自分の不運を呪った。

息子の誕生日に急遽出張が入るわ、なんとか帰ろうとすれば事故渋滞に巻き込まれるわ……。

なげいている場合じゃない。私は前方の、雨に霞んだ新大阪駅を見据えた。

「こっから走ります」

「え？　こっからですか？　危ないですよ」

「いいんです！」

私はなかば押しつけるようにしてお金を払うと、戸惑う運転手を尻目に雨の新御堂筋に飛び出した。

ぬるく湿った風が顔に当たる。前方の光、新大阪駅まではさほど距離を感じない。かばんの奥から折りたたみの傘を出そうとしたが、これくらいの雨なら、と思い直しそのまま走り出した。

並んでいる車の列を横目に走る新御堂筋。高速道路のようなこの道を一般人が走り抜けることはそうないだろう。

雨は最初こそ（こんなもんか）と思ったが、少しずつ強さと冷たさが増してきたような気がした。距離もいざ走ってみると思っていたより長く、目の前の光にはなかなか到達できなかった。

それでもなんとか駅に到着したときには髪から水が滴り落ち、紺のスラックスはひざから下が濡れて真っ黒に変色していた。歩くとぐしゅぐしゅ音がする。

ホームに駆け上がったとき、時刻は9時23分。

「間に合った……」

30代半ばの身体にはかなりこたえる距離だったがなんとか間に合った。

椅子にどっかり座り込み、安堵の息をつこうとした私を次なる悲劇が襲った。

「プレゼント」

さっきまでわきにあったプレゼントがない。

（しまった！　タクシーに忘れたんだ！）身体の内側から嫌な汗が吹き出す。

目の前にひかり号がゆっくり滑り込んできた。

なぜこうなにもかもうまくいかないのか。

全身から力が抜けた。

するとそのとき、階段を乱暴に駆け上がってくる音がした。

「お客さん！　忘れ物！」

顔を上げると、さっきのタクシー運転手がいた。制服のシャツはびしょびしょ、髪は額にべったり張りつけたまま息を切らしている。にもかかわらず、差し出されたプレゼントの箱はほとんどと言っていいほど濡れていなかった。

私はとっさに「申し訳ありません」も言えず、口から出た言葉は「大丈夫ですか！」だった。

「大丈夫なもんですか」

ぜえぜえ言いながらも、初老の紳士はさわやかに笑っている。

「うちの息子はね、大げんかしてもう何年も連絡が取れないんです。息子さんはねえ、悲しませせちゃいけませんよ」

なにも言うことができなかった。

運転手はさびしそうに目を細める。

「あ、出ますね。早く乗ってください」

発車のベルが鳴ると、背中を突かれるようにして新幹線に押し込まれ、すぐにドアが閉まった。

「待って！」まだお礼を言っていない。

運転手はやさしく笑い、こちらに向かって深々と頭を下げた。

髪の毛からぽたぽたと水滴が落ち、スラックスのひざから下は濡れて真っ黒に変色している。

「ありがとうございます！」

私はガラス窓に額をつけ、自分で出せる限りの大声を出した。

何人かがこちらを見たが、そんなことは気にならない。

「本当にありがとうございます！」

新幹線は動き出して、運転手はあっという間に見えなくなった。

EPISODE 3

Heartwarming Birthday Stories

約束を破ってしまったかわりに、誕生日を特別な日にしてあげたい一心で選んだプレゼント。そんな〝忘れ物〟を迷わずつかんで、運転手さんは雨の中を走ってくれた。もう自分にできなくなってしまったことが、どれだけ大切なものかを知っているから。

EPISODE 4

Heartwarming Birthday Stories

おばあちゃんの宝物

Grandma's treasures

両親は私が小さい頃に離婚しました。お父さんはお酒とギャンブルと借金を重ねて、今ではどこにいるのかも知りません。

お母さんは早々に再婚しましたが、私はまだ幼かったこともあり新しいお父さんをお父さんと思うことができず、なかなか新しい家になじめないままでいました。

そんな私を引き取ってくれたのが、千葉でひとり暮らしをしていたおばあちゃんです。

小学校に入学して以来、私はずっとおばあちゃんと二人で暮らしています。

たまにお母さんと食事に行ったりもするけど、私にとって心を許せる家族はおばあちゃんだけでした。

おばあちゃんはとても気丈な人で「エリカは、ばあちゃんが守ってやるからな！」と励ましながら、両親と離ればなれの私をまっすぐに育ててくれました。

私はおばあちゃんのことが大好きで、毎年5月のおばあちゃんの誕生日には必ずお祝いをしました。

プレゼントを買うお金は持っていなかったから、ある年は近所の川原に咲いているシロツメ草をブレスレットにして贈りました。おばあちゃんは「こんな派手なもんつけられんわー」と照れ臭そうにしていました。

またある年は、チラシの裏にマジックで〝エリカの肩たたき券〟と書いたものを贈ると、おばあちゃんは10枚つづりのその券をうれしそうに眺めながら「ばあちゃんの肩はまだまだそんなに凝ってないわー」と笑いました。

全然、素直ではないおばあちゃんだったけど、そんなときはいつもよりずっとやさしい声で「エリちゃん、ありがとね」と言ってくれました。


高校に入ると、私は近くのお弁当屋さんでバイトをはじめました。

学校はアルバイト禁止で、担任の先生も私がバイトしていることをうすうす勘づいていたと思うけど、私の家の状況を知っていた先生は見て見ぬふりをしてくれていました。

バイト代が入るようになるとお金を使えるようになった私は、おばあちゃんの誕生日にひざ掛けやマフラーをプレゼントしました。

そんなときもおばあちゃんはいつも
「ばあちゃんにお金なんか使わなくていいよ」

と顔をしかめましたが、あとで必ずやさしい声で「エリちゃん、ありがとね」と言ってくれました。

高校を卒業した私は、学費をお母さんに援助してもらって保育系の短大に進みます。

でも……私は結局その短大を中退することになります。

おばあちゃんに認知症の症状が出はじめたからです。おばあちゃんはすっかり物忘れがひどくなって、同じことを何度も口走ったり、外に出かけると帰って来れなくなることもたびたびで、やがて一人では放っておけなくなってしまいました。

保育系の短大は実習形式の授業が多く、少し休んでしまうとあっという間に取り残されてしまいます。おばあちゃんの介護をしながら単位を取るというのは、私にとっては厳しいことでした。

また、おばあちゃんが診断を下された〝アルツハイマー型老年認知症〟というのは、徐々に進行する病気だとわかったので、私はずっと一緒に暮らしてきたおばあちゃんと、少しでも長く時間を共にすることを選びました。

おばあちゃんの真っ白い髪はぼさぼさに乱れました。目じりも下がって、強気だった頃の面影はどこかに消えてしまいました。1日のほとんどはベッドで横になったり椅子に座ったまま。お母さんにも家に来てもらって、二人でおばあちゃんを介護する生活がはじまりました。

そして迎えた73歳の誕生日。

その日のおばあちゃんは比較的調子がよさそうで、会話の受け答えもわりとしっかりしていました。

私が「おめでとう。今日おばあちゃんは73歳の誕生日なんだよ」と声をかけると、おばあちゃんはすっかり弱々しくなった声で「そんなに生きたっけねぇ」とつぶやきました。

そのうつろな表情を見て、私は胸が痛くなりました。

「ねえおばあちゃん」

「……はい?」

「なんか……なんかほしいものとかある?」

おばあちゃんは天井を見上げました。

「ほしいものねえ」

そのままじっと黙ってしまいました。「ないですねえ」

場がかえって重くなり、余計なことを言ったと後悔しました。

「……それじゃあ」すぐに話題を変えようとすると、

「そうそう」と言って、おばあちゃんはゆっくり立ち上がりました。

「なに？　おばあちゃん、いいよ私、やるよ」

タンスの引き出しの中をごそごそして、おばあちゃんが無言で取り出したのは一枚の紙切れ。

渡された紙切れを見ると、なんだか古いチラシのようでした。

その裏にはマジックで字が書かれていました。


〝エリカの肩たたき券〟


それはずっと昔、私が小学生の頃にプレゼントしたものでした。

覚えていてくれたんだ。

「使えますか？」

「もちろん」私はこみ上げるものをおさえて、うなずきました。

すっかり細く小さくなった肩。そっと揉みはじめると、おばあちゃんは気持ち良さそうに身をゆだねてきました。

私はその間、おばあちゃんと一緒に過ごした長い日々をゆっくりと思い出していました。一緒に遊園地に行ったこと。近所の公園で花火をしたこと。こたつに入ってお茶を飲んだこと。

おばあちゃんは向こうを向いたまま言いました。

「エリちゃん、ありがとね」

それはいつものやさしい声でした。

我慢していた涙がこぼれました。

EPISODE
4
Heartwarming Birthday Stories

子どもの頃はお金なんて持ってない。それでもあふれる感謝の気持ちや、誕生日を祝いたいという気持ちが形になった精一杯のプレゼント。それがたとえただの古い一枚のチラシだったとしても、おばあちゃんにとっては忘れられない宝物になっていたんだね。プレゼントはモノではなく気持ちなんだと、あらためて感じさせてくれたエピソードです。

EPISODE

5

Heartwarming Birthday Stories

パパのカメラ

Daddy's camera

「うちにはお父さんがおらんねんからね！」

私がわがままを言うと、決まって母はこう言った。

そう言われてしまうと、もうなにも言えなくなってしまう。

小学1年生のときに父が亡くなって以来、母一人でどれだけ苦労して私を育ててくれたか、痛いほどわかってるから。

無意識にテレビの上に置いてあるカメラに目がいく。

父が大切にしていたカメラ。父がいたら、私はもっと欲しいものを買ってもらえたのかなあ。


その日は友だちのめぐみちゃんのお誕生日会だった。

プレゼントを買うお金がない私は最初、断ろうと思っていたが、めぐみちゃんが
「そんなのいいから、絶対来てね！」

と言ってくれたので、行くことにした。

ダメもとで、母に「プレゼント買うお金ちょうだい」と言ってみたんだけど、案の定また叱られてしまった。

結局、私は手ぶらのままめぐみちゃんの家に行った。

プレゼントを持ってきていないのは私だけで、みんなはゲームをしたりケーキを食べたりして楽しんでいたけど、その間私はすごく居心地が悪くて、プレゼントを渡す時間になっても、私はひとりすみっこでもじもじしているしかなかった。

「ゆかりちゃんも来てくれてありがとうね」めぐみちゃんのママが声をかけてくれたが、そういう気づかいが余計に苦しかった。

さらに帰りがけ、めぐみちゃんが「はい、これゆかりちゃんの分！」といってお菓子の詰め合わせをくれたときには、もう恥ずかしくて死にそうだった。めぐみちゃん家は、お誕生日会に来てくれたみんなのためにプレゼントのお返しを用意してくれていたのだ。

私は家に帰ったとたん、わんわん泣いた。ラムネやらチョコやらかっぱえびせんなんかが……もうこれでもかといっぱい入ったお菓子の詰め合わせを抱きしめたまま。

それを見た母は黙っていた。

このときだけは

「うちにはお父さんがおらんねんからね」

とは言わなかった。


それから何日か経って、私も誕生日を迎えた。

朝学校に行く前「ゆかり、今日は誕生日やから友だちいっぱい連れておいでや〜」と母。

「え？　うん……」

正直言うと、私は乗り気じゃなかった。

貧乏臭い誕生日会なんか開いて、恥をかきたくなかったから。

母には「みんな忙しかったみたい」って言おう。

その日、授業が午前中に終わると、私は誰にも声をかけず、逃げるようにして家に帰った。

だから、学校から帰ってきて家のドアを開けたとき、私は帰る家を間違えたのかと思ったんだ。


大きな画用紙に、カラフルなペンで「☆ＨＡＰＰＹ ＢＩＲＴＨＤＡＹ ゆかり☆」。

カラフルな風船、折り紙の輪っか飾り、ちりがみのバラ。

ハンバーグ、タコさんウインナー、カニクリームコロッケ。

部屋には飾り付けがしてあって、食卓にはごちそうが並んでいて。

そしてお菓子の詰め合わせ。めぐみちゃんからもらったのとそっくりなやつ。

びっくりしていると、台所から母が出てきてにっこり笑った。そして私を見るなり
「あれ、一人？」と言った。

「……うん、みんな今日忙しいねんて」

私はとっさに用意していたウソをついた。

「そっか」母はもっとにこやかになって
「それなら、二人で誕生日会しよっか」と私の手を引いて椅子に座らせてくれた。

ハンバーグ、タコさんウインナー、カニクリームコロッケ。

私の大好きなごちそうがところ狭しと並んでいる。

うれしさがこみ上げると同時に、ふとテレビの上のカメラがなくなっていることに気づいた。「あれ？　お父さんのカメラは？」

「大丈夫よ。次の給料でちゃんと返してもらえるから。これはお父さんとお母さんからのプレゼントやで」

母は大事な父の形見を質屋さんに入れて、そのお金で今日のお誕生日会を用意してくれ

たらしい。

「あ、そうそうケーキもあんねんで！」

うれしさと同時に申し訳なさを感じながら、ケーキにロウソクを立てる母の様子を眺めていた。

するとピンポーンという音。玄関を開けると、

「こんにちは〜！」

めぐみちゃんと、もう一人仲良しのあゆみちゃんがいた。

「今日ゆかりちゃん誕生日やんね？　このお花あゆみちゃんと二人で用意したの！　あげる！」

「え？」

「ゆかりちゃんすぐ帰っちゃうから二人でめっちゃ探してんでー！」

するとと奥から母の声がした。

「めぐみちゃん、あゆみちゃん、今からお誕生日会やるから入っておいで」

「あれ〜？」あゆみちゃんは、ぱっと目を大きく開いた。

「ゆかりちゃん、私らが来ること知ってた〜ん？」

その質問には答えられなかった。

涙がぼろぼろこぼれてしまって。

「ゆかりちゃん、誕生日おめでとう！」

私はもらったお花を強く抱きしめて、声にならない声で言った。

「めぐみちゃん、ありがとう。あゆみちゃん、ありがとう」

結局、私はまたわんわん泣いてしまう。

「お父さんお母さん、ありがとう」


でも全然苦しくない、胸の中があったかくって。

涙にもいろいろあるんだって、このとき初めて知ったんだ。

EPISODE 5

Heartwarming Birthday Stories

これはあとで聞いた話なんだけど、父のカメラはあまりに古すぎて、すでに質草になるほどの価値は全然なかったらしい。でも、私たち親子のことを昔から知る質屋のおじさんが、なにも言わずに気を利かせてくれたのだそうだ。私の忘れられない誕生日。それはたくさんの人たちの思いやりにあふれていた。

EPISODE

6

Heartwarming
Birthday Stories

初めてのルイ・ヴィトン

Her first Louis Vuitton

早くに父が他界したこともあり、母は私が小さい頃からずーっと働いている。

身なりもあまり気にせずに、とにかく毎日働いている。

だからあるとき、母がうれしそうに「ゆかり見て〜！」と財布を見せてきたときには目を疑った。

ルイ・ヴィトンの財布！

「そんなん、どーしたん？」

私は母がブランド品を持ってるところを見たことはない。そもそもヴィトンという存在すら知らないと思っていた。

「これ、どうしたと思う？」

さすがは大阪人。

「そんな質問返しいらん。わからんから聞いてんねん」

私のツッコミに、うれしそうな顔で「露店で買うた」と言う。

「露天？」聞き返した。露店？

母は満面の笑みで「うん！　露店」。

「いくらやったん……？」おそるおそる聞く。

「えっ？」

「えっ？　やない」

「千円」

「は？」私は開いた口がふさがらない。

「安いやろ～？　めっちゃ安いやろ～？」

「あかん。お母さんそれ偽物やで！　ヴィトンなんか千円で買われへんで！」

私が大きな声を出すと、母も今にも大笑いしそうな顔で「そうやで～！　偽物やで～！　でもめっちゃ安いやろ～？」と返してきた。

「でもやっぱりわかるんや～。やっぱ偽物は偽物やな～」

「なんで偽物と知ってたのに買ったの」

言うと、母は少しだけ真面目な顔をした。

「そりゃあ」と手元の財布に目を落とした。

「そりゃ、お母さんも一個ぐらいは持ってたいよ」

母は小さい頃からずっと変わらなかった。いつも私たち兄弟3人のことを何より先に考えてくれて、化粧も身なりも全然気にしなかった。毎日同じ服を着て、頭はいつもぼさぼさで、それでもいつも明るくって。だから、そういうことには興味がない人なんだと思い込んでいた。

「そりゃ、お母さんも一個ぐらいは持ってたいよ」

その言葉を聞いたとき、ああ、この人も女性なんだと思った。

そんなことがあってから何ヵ月かしたあと、私は上京することになった。

上京したとたんバイト、バイトの毎日が待っていて、本当にずーっとバイトばっかりしていた。

でもバイトが休みの日、せっかく東京に来たんだから、と思ってなんとなく表参道をぶらぶらしていたら、ふとルイ・ヴィトンの看板が目に飛び込んできた。

一回も入ったことのないそのお店に、私は吸い込まれるように入っていく。

汚いジーパンに、よれよれのTシャツ。「絶対お前買わんやろ！」っていうような格好で、今思えばほんまに不審者やったはず。

でもお店の方は「なにかお探しならおっしゃってくださいね」と丁寧に対応してくれ

て、さすが高級ブランドだなと思いながら、私はそこで初めてローンを組んだ。

いつも自分のことを最後にする母。

上京を決めたとき「納得するまでがんばっておいで」と言ってくれた母。

思い出したら、誕生日に本物のヴィトンをあげたくなった。

身の丈に合ってない。そう頭で考えるより先に、もう気持ちを止められなかった。

お金は今よりちょっとがんばってバイトしたら入ってくる。

そんな安易な考えで、私は月々1万円ずつのローンを組んで、母にヴィトンのバッグを贈った。

後日。

「ゆかり〜」母はめっちゃ心細い声で電話をかけてきた。

「お金どうしたん?」

うれしさよりも不安が大きかったらしい。

「支払いは?」

「そればっかりやん」私は笑った。

「高かったやろ?」

「ローン組んだ」

でもローンを組んでまで、あげたかった気持ちを私は伝えた。

母は別に本物が欲しかったわけじゃないのを知っている。本物を持ってるような感じだけで十分うれしかったんやと思う。でも私には胸がえぐられるような感覚があって、心から母にしあわせな気分を味わってほしかったのだ。

「そんなん、ええのに」

「驚かしてごめん」

母はふっと笑ったあと、やさしい声で「ありがとう」と言ってくれた。

それから、もう何年たつかな。

久しぶりに電話をして「バッグ、使ってる？」と聞いたら、

「あれ、箱の中にしまってあるわ」と母。

「なにそれ～？　意味ないやん」

母は申し訳なさそうに言った。

「ゆかりがくれたカバンは宝物やから。今も使ったあとは箱の中に片付けてんねん」

「そう」と言って、私は笑った。そしてまた、この人に誕生日プレゼントをあげようと思った。

EPISODE 6

Heartwarming Birthday Stories

「贈る幸せ」ってなんだろう。高価なものをあげたり、豪華な食事をしたりするのって、実は意外とうれしいことだと思う。でもプレゼントを受け取った母が最初に言ったのは、感謝よりも、まず私を気づかう言葉だった。そのとき私は、なにをあげるかよりも、なにかをあげる〝相手〟がいることが、なにより幸せなんだと気づいた。

EPISODE
7

Heartwarming Birthday Stories

2つのバースデー

Two Birthdays

時計の針が午後7時30分をさした。

L字型のガラスケースに残ったケーキはあと少し。

いつもなら「あと30分で閉店だ。晩ごはんなに食べようかなあ〜」なんて考えている時間。

でも今日は違った。ガラスケースのすみっこで売れ残ったケーキが気になっていた。

それは私がはじめて作ったケーキ。

小学校の卒業文集には「将来の夢はケーキ屋さん」と書いた。

でもそれは売り子さんとして、であって、まさかこうして自分が作ったケーキを、お店に並べる日がくるなんて思ってもみなかった。

ここは遠い親戚のおじさんがご夫婦で経営しているちいさな洋菓子店で、私が高校2年生のときからアルバイトとして働きはじめたお店だった。

実際に働くようになって知ったのは、ケーキ屋さんという職業って、見た目のかわいさとはうらはらにとても厳しい仕事であること。早起きしてその日の分のケーキを作って、一つひとつ値段をつけていくんだけど、高級チェーン店ではないからそんなに高い値段もつけられない。一日の売り上げは、どうしてもお店を経営する上でのギリギリの数字になってしまう。

そんな大変な状況で続けていくには、やっぱりケーキ作りへの情熱があふれていないといけない。その点でおじさん夫婦はケーキ作りをなによりも愛していたし、そんなおじさん夫婦の力に少しでもなりたくて、私も毎日一生懸命働いた。

お誕生日のプレートにチョコでお客さんの名前を書くのは、たいてい売り子の仕事。その作業が得意だというだけで、ご夫婦のケーキ作りを手伝わせてもらえるようになった。

フランスで修業したおじさんが教えてくれるケーキ作りは奥深くて、どれも工夫に満ちたものばかりだった。私の大学ノートはどんどんケーキのレシピで埋められていって、気づけば5冊分たまっていた。やがて私は製菓衛生師の資格を取り、ただのお手伝いからすでに一人前のパティシエになったような気分を味わっていた。

そんな私が自分で1から10まで作ったケーキが、いまお店のガラスケースに並んでいる。はじめてのケーキは6号サイズ（直径18センチ）のホールケーキ。最初にお店に並べるケーキは、絶対でっかい苺のショートケーキにしようと決めていた。

でっかい苺のショートケーキにはこんな思い出があった。

小さい頃の私は好き嫌いが本当にひどく、体が弱くて、いつも心配していた母が、私の誕生日のときにまるで絵本に出てくるお城のような、でっかい苺のショートケーキを作ってくれたのだ。そのケーキに大興奮した私は、母から「ごはんを残したら次の誕生日、苺のケーキはなしよ!」と言われて素直に従うようになり、そのうち好き嫌いがなくなった。いまではすっかり健康だ。だから苺のショートケーキには恩があるのだ。


だがガラスケースの中には、あい変わらずでっかいショートケーキが、3800円という立派な値段をつけて売れ残っている。

ちょっと張り切って大きいの作りすぎたかなあ。

「どう?　売れた?」

工房から出てきたおじさんが、明るい調子でたずねてきた。

苦笑いしながら、首を横に振る。

「まあ、最近ホールで買う人は少なくなったからね。残ってしまったら後でみんなで食べようか」笑顔で言って、おじさんは工房に戻った。

ごめんなさいおじさん。カットしてたら、もっと売れてたかもしれない。でも私は、はじめてのケーキはどうしてもホールで売りたかったんだ。


あと15分で閉店。

ひとり店番をしている自分が少しみじめだった。

ドアガラスに自分の姿が映っている。

背の高いコック帽。可愛らしいひらがなの字体で〝まゆ〟と書かれた名札。さっきからぽつぽつ降り出した雨。

ありとあらゆるものが、自分の情けなさを演出しているみたい。


そのとき、カランコロンと店のドアが開く音。

「ああ、良かった、まだ開いてるわよね?」メガネをかけた白髪のご婦人が駆け込んできた。

私は「はい、やってますよー」と明るく答える。おそらく今日最後のお客さんだろう。

「どれにしましょうかねえ」グレイのブラウスに黒のカーディガンを羽織った、上品な感じの老婦人だった。

ガラスケースには、モンブランとチョコケーキがいくつかある。

それと私が作ったでっかい苺のショートケーキ。

ご婦人が言った。

「あら、かわいいケーキがあるじゃない」

それは私が作ったケーキだ。

私はうれしくなって思わず「それ、私がはじめて作ったケーキなんです！」と言ってしまった。

「あら、そうだったの」ご婦人は私と目を合わせる。

「それは素敵ねえ。今、うちに孫娘が来ててね、今日その子のお誕生日なのよ」と言って
もう一度、目を落とした。

「……でもこのケーキだと、ふたりで食べるにはちょっと大きいわねえ。残しちゃうのも悪いものね」

やっぱり、でっかいのを作りすぎたか。

「ではチョコケーキかモンブランどちら……」と言いかけたところで、不意にご婦人が手

を打った。

「よし！　決めたわ。この大きな苺のショートケーキをくださいな」

「え、いいんですか？」私は驚いてたずねた。

ご婦人は口元をほころばせた。

「それでね、このケーキを半分に切っていただくことはできるかしら？」

「え？　あ、もちろんです」

「それで、誕生日のプレートを2枚用意していただきたいの」

「プレートを2枚ですね。かしこまりました。お名前はどうしましょう？」

「一枚はね、〝あきなちゃん〟と書いてくださる？」

「あきなちゃんですね？　わかりました！」

私はメモ用紙に〝あきなちゃん〟と走り書きする。

「もう一枚はどうしますか？」

ご婦人はいったん私の胸元に目を落とす。

そして、

「〝まゆちゃん〟と書いてくださる？」

と言った。

私は思わず自分の名札を確認した。

「まゆ……ですか?」

「そう。あなた、まゆちゃんでしょ?」

「あの……」私は戸惑う。「今日、誕生日じゃないですけど」

ご婦人の手が私の肩にそっとふれた。

「あら、今日は可愛らしいパティシエさんが誕生した日よ!」

ほっぺたが、ジンと熱くなった。

EPISODE

7

Heartwarming Birthday Stories

「成功は、誕生日みたいなもの」そんなことを言った人がいる。なにかを成功させた瞬間から、新しい日々がはじまるからだっていう。その考え方はすごく素敵だと思う。一年のうちにいろんな誕生日があってもいい。夢が叶った日、恋人ができた日、嫌いなものを克服できた日。お祝いしてあげたい気持ちと、感謝の気持ちさえあれば「今日は記念すべき誕生日」。

EPISODE

8

Heartwarming
Birthday Stories

16年の結婚生活

16 years of marriage

私たちが夫婦として過ごした16年間。それは本当にあっという間の出来事だったような気がします。

私たちは両家の反対を押し切って結婚を決断したので、結婚生活はまさにゼロからのスタートでした。

ひと月の給料が3万円の時代に、家賃は8千円の文化住宅、裸電球に照らされた6畳一間にみかん箱を置いた、まるで絵に描いたような貧乏生活だったのです。

結婚したてのとき、夫に指輪のサイズを聞かれましたが、もちろん指輪を買うお金なんかないから、夫はいつも「ごめんな、もうちょっと待ってな」と言い、私も笑いながら「期待せずに待ってるわー」と言いました。

営業マンだった夫は毎日朝から晩まで身を粉にして働き、私もお腹が大きいときも毎日近所のスーパーへパートに出て、それはかなり大変な生活でした。

でも本当に楽しかった。どんな苦労があっても好きな人と一緒だったから、全然つらくありませんでした。

一緒に過ごせる時間がなによりうれしかった。

誕生日だって、ただ「おめでとう」を言い合えるだけでよかった。

でもそんな時間に、突然終わりがやってきます。

突然入院することになった夫は、それまでの日々が嘘だったように日に日にやせ細っていきました。

夫はもう助からないと知らされました。

本人に告知はしませんでしたが、夫ももう自分が助からないことに気づいているようでした。

夫が入院して数ヵ月、その日は私の誕生日。

もうベッドの上からほとんど動けなくなっていた夫が、なにも言わずに小さな箱をさし出しました。箱を開けると、そこには指輪が入っていました。

小さなダイヤが一つだけついた、きれいな指輪でした。

いつか約束した結婚指輪。

夫は友だちに頼んで、私の誕生日に指輪を用意してくれたのです。

「16年も待たせてごめん」

と夫は薬でうまく回らなくなった口で言いました。

私は心を込めてゆっくりと

「ありがとう」

と伝えました。

うれしかった。でもすごく悲しくて、泣きました。

1ヵ月後、夫は眠るように天国へと旅立ちました。

たった16年で終わった結婚生活。貧乏で不幸だったと言われたらそうかもしれませんが、振り返ってみると、なぜか浮かんでくるのは幸せな瞬間ばかりなのです。

最初で最後の誕生日プレゼントは、今も〃大切なもの入れ〃と決めた引き出しにしまってあります。16年分の幸せと一緒に。

EPISODE
8
Heartwarming
Birthday Stories

この本を書くにあたって、母が私に初めて教えてくれた話。初めて聞く両親の事実と想いにびっくりしました。母は「思い出して良かったわ」と笑っていたし、私も教えてもらって良かったって思った。大切な日を思い出して、それをいつまでも忘れずにいたいと思う。そして大切な日がまた一つ増える。

EPISODE
9
Heartwarming Birthday Stories

リクエスト

Request

僕が20歳の頃にバイトをしていた、ガソリンスタンドでの話。

そこにKさんという、眼鏡の似合うまじめな社員さんがいた。

同い年の奥さんと5歳の娘さんがいるKさんは、他の誰よりも毎日一生懸命に働いていた。

2月のある日、いつも通りの静かな平日の昼に〝洗車祭〟と書かれたのぼりが冷たい風を受けてなびいていた。のぼりの律義な並び方を見るだけでも「今日のオープン作業をしたのはKさんだな」とわかる。


僕はKさんと二人で、洗車機を通した後の車を仕上げる作業をしていた。

外に出て、濡れたタオルを使って車を拭くわけだが、冬なのでこの作業が地獄のようにつらかった。

ポケットに入れたカイロで何度も手を温めながら、僕たちは黙々と作業をする。

不意にKさんに
「今日で俺、28歳になったんだよなー」

と声をかけられた。Kさんは一生懸命、BMWのフロントガラスを拭いていた。

「そうだったんすか？　それはおめでとうございます」

あわててそう言ったものの、Ｋさんの微妙な表情が気になった。

Ｋさんは「でさ」と言いかけていったん黙り、そして店長がオイル交換のために奥の作業スペースに消えていくのを見届けてから
「そろそろ、この仕事辞めようと思ってさー」

と言った。

「辞める？」聞き間違いだと思った。

「いやあ、ここだけの話、すぐってわけじゃないんだけど……。なんか資格でも取って、別のことはじめようかと思ってさ。ほらこの仕事って、重労働なわりに実入りがちょっとね……。他のガソリンスタンドもどんどん潰れていってるっていうし。やっぱヨメと子どもにも、もうちょっと安心させてやりたいじゃん」

「はあ……」

寒いのがきついとかならともかく、家族が理由ならきっと本気なんだろう。

「そうなんですか……」

他に言葉も見つからず、店内から漏れるラジオの音だけが、あたりに空しく響いていた。

きれいに磨かれたＢＭＷが、エンジン音を轟かせながら静かな冬の町に去っていくと、僕たちはいつも通りのあいさつをした。

「また、おこしくださいませー」

でも、いつも良く通るはずのＫさんの声は少し元気がないような気がした。


お客さんがいなくなったスタンドで、僕たちは洗濯機から取り出したタオルをたたむ作業に取りかかった。一つの大きな塊になったタオルを、凍える指先で一枚一枚はがし、四角くたたんでいく作業。手元を見つめながら、手際良くタオルをたたむＫさんがこのときなにを思っていたのか、横顔からは読み取れなかった。

無言の時間がしばらく続いて、ラジオから流れていた曲が終わった。

すると、

「さーて！　次のお便りは……」

と、突然ＤＪの場違いなほど元気な声が続いた。

「ラジオネーム〝リコ＆リョウ〟さんから！」

え？　僕はその名前に反応した。リコとリョウ……リョウコってもしかして。

「今日もガソリンスタンドで働いているという自慢のお父さんへ、メッセージが届いてまーす！」

Kさんはうつむいたまま、タオルをたたむ手を止めていた。

「パパ、いつもお仕事ごくろうさま！

毎日たくさんのカッコいい車をあらったり、なおしたりしているパパのお仕事は、リコとママの自慢です。

さむい日がつづくけど、カゼをひかないように気をつけて。

今日もたくさんの人の車をキレイにして、みんなを笑顔にしてあげてね。

パパ大好きです。

おたんじょうびおめでとう！」

Ｋさんはタオルを胸の前に持ったまま、身動き一つしなかった。

「リコ＆リョウさん！　素敵なメッセージをありがとう！

きっとこの寒空の下で働いてるパパの心も温まったんじゃないかなー！

それではリクエスト曲、ちょっと季節はずれだけど、パパが大好きな曲だそうです。

サザンオールスターズで『真夏の果実』」

しっとりと曲がかかりはじめると、思い出したようにＫさんは口を開いた。

「びっくりした……」

笑いながら振り返ったＫさんの目は少し赤くなっていた。

『真夏の果実』が流れる約５分の間、まるでＫさんを気遣うかのように、お客さんはひとりも来なかった。

そして静かに曲が終わる頃、一台の車がゆっくりと入ってくる。

「いらっしゃいませー！」

いつも良く通るKさんの声は、今日もスタンド中に響きわたった。

EPISODE

9

Heartwarming
Birthday Stories

実はこのとき、Kさんはオイル交換作業の予約を受けていたらしい。作業場はラジオが聞こえない。なので、それを聞いたガソリンスタンドの店長さんはあわてて「今日のオイルは俺がやるよ!」と叫んだ。店長さんは事前にKさんのご家族からリクエストのことを知らされていた。「なんで店長がやるんですか?」「お前らにまかせてばっかりだと、いつの間にかやり方を忘れてしまいそうだからな」。そんな陰の応援も、一つの素敵な誕生日プレゼント。

結婚して初めて
妻の誕生日に送った電報

陽子　少し遅れたけど　誕生日おめでとう

陽子とは付き合いはじめたころから

結婚を考えてました

会うたびに　今日はプロポーズしようと

いつも思っていました

約1年かかりましたが　あの時の気持ちは

今も　今からも変わりません

幸せにします　結婚してくれて　ありがとう

亮介より

(パールメッセージ)

EPISODE 10

Heartwarming Birthday Stories

暗証番号

Password

高校を卒業してすぐの頃、付き合っている女の子がいた。

それほど好きというわけじゃなかったけど、あの頃は流されやすい時期だった。僕はなんとなくその子と付き合うことになり、３ヵ月くらいしてなんとなく別れた。

以来、彼女のことを思い出すときはほとんどなかった。


だが10年ほどたったある日、僕たちは偶然、街で再会した。

いい加減な気持ちで付き合っていた自分に負い目を感じていた僕は、彼女に対してどう振る舞えばよいかわからなかった。

知らんぷりしようかとも思ったが、そんな僕に彼女は笑顔で話しかけてきてくれた。

「ねえ、ひさしぶり。もうすぐ誕生日だよね？」


え？

たしかに僕の誕生日はあさってだった。

「覚えててくれたの？」

「銀行のカード」と彼女は言った。

僕と付き合っている時期、ちょうど就職が決まって、彼女は銀行のカードを作らなきゃいけなかった。

そのときの暗証番号を僕の誕生日にしたらしい。

「絶対に安全だと思って。今日まで変えてなかったの」

その瞬間、彼女が10年前より輝いて見えた。

お茶でも行こうかと誘おうと思ったら、彼女の左手の薬指には指輪が光っていた。

「会えて良かったよ。あのときはごめん。元気でね」

「元気で」

握手をして彼女と別れた。

EPISODE
10
Heartwarming
Birthday Stories

いままでの人生の中で、いったい何人の人が私の誕生日を覚えてくれているだろう。

ただの語呂合わせでもいい。パソコンのカレンダー機能でも、スケジュール帳にたまたま書きつけたものでもいい。覚えていてくれようとした、その行為そのものがうれしい。まるで自分自身が大切にされているみたいな温かい気持ちになれる。

EPISODE
11
Heartwarming
Birthday Stories

還暦

Sixty

今年で還暦をむかえるオヤジの誕生日。
家族でささやかな誕生日会を開き、僕と妹は写真立てを贈った。
写真立ての中には、数日前にわが家の玄関先で撮った家族の集合写真が入っている。
厳格で無口なオヤジのことだから、きっと「ああ」って言って終わりだろう。
と僕も妹も思っていたが、オヤジは意外にも
「ありがとう」
とはっきりした声で言った。
そんなのは、はじめて言われたような気がした。

思えば僕は小さい頃、オヤジが怖くて仕方なかった。

オヤジは無口なくせに、怒るときだけは大声で怒鳴ったからだ。

オヤジが家にいるだけで息苦しかった。そのせいで日曜日はほとんど外に出て遊んでいたくらい。

でも僕が部活ばりばりの高校生だった頃、ケンカして、いきおいにまかせて胸ぐらをつかんだ瞬間、オヤジの体が思っていたよりずっと軽く感じられたことをよく覚えている。

それ以来、怖かったオヤジが小さく見えるようになった。


オヤジは20歳で会社に入り、35年ローンで小さな家を建てて、40年間ずっと会社一筋。

オヤジにとっての60年って、一体どんな時間だったんだろう。

60という形のロウソクが立ったケーキを見ながらぼんやり思う。

オヤジの考えてることは昔からよくわからない。

ただ誕生日会の間、オヤジはもらった写真立てをずっと離さなかった。


数日後、写真立てにはもう一枚の写真が入っていた。

会社の送別会で集まった人々。その真ん中に少しはにかんだオヤジが立っている。

オヤジを取り巻く人たちはみんな笑顔を見せている。

その笑顔を見れば、オヤジがみんなから愛されていたことがわかる。

隣には家族の集合写真が貼ってある。

僕と妹と母がいて、真ん中には硬い表情のオヤジがいる。

そしてその後ろに、小さいけれど立派なマイホームが写っている。

EPISODE 11

Heartwarming Birthday Stories

人生ってなんだろう？　頭で考えてもよくわからない。けれど、人生は私を囲むすべてのものに反映されていると思う。それは家族だったり、友だちだったり、仕事仲間だったり、大切に使っている持ち物だったり。あらためて彼らと向き合ってみると、彼らと一緒に残してきた足跡の中に、人生があるなあと思う。

EPISODE 12

Heartwarming Birthday Stories

オムライス

Omelette with rice

〃ごちそう〃というとみなさんはなにを思い浮かべるでしょう。
お寿司？　すきやき？　それともステーキ？

私にとってのごちそう、それはオムライスです。

小さい頃、私の家庭はとても貧しかった上に、両親は面倒見のいい性格だったので、食卓には親戚のおじさんやその友だち、そのまた友だちがいるような状況でした。毎日10人くらいでごはんを食べていたような記憶があります。そんな状況で「これ食べたい」なんていうわがままを言えるはずもなく、いつもただ大皿に盛られた料理を文句言わずに食べていました。

でも年一回、誕生日だけは特別。
〃自分の好きなものをなんでも食べていい〃という決まりがあって、私は毎年決まって「オムライス！」とお願いしていたのです。

カレーやシチューと違って、オムライスは一人分ずつ卵でくるまないといけないので母も大変だったと思います。

でも母はいつも楽しそうに作ってくれました。

「オムライスにね、ケチャップで文字を書くときはね、食べてもらう相手のことをすごく想いながら書くのよ」

そう言いながら、ケチャップを使って〝おめでとう〟と書いてくれた光景が今も忘れられません。

生活に少しゆとりが出てきた今でも、貧しかった当時のことはよく思い出し、人に話したりします。

焼肉屋さんやお寿司屋さんに行ってもなにも思わないのに、いまだにオムライス屋さんに入ったときだけは、ものすごく贅沢をしているような、なにか悪いことをしているような、そんな気分になります。

オムライスを食べるのは、ずっと特別な日でした。

誕生日はもちろん、試験の日の朝とか、なにか目標を達成したときなどです。

現在、私は大阪の小さなバーで働いています。

あれから母を亡くし、父が失踪するという出来事を経験し、自暴自棄になってしまっていた私を、まるで両親のような愛情で支えてくれたのが、今のお店のオーナーでした。

「自分のお店だと思って、自由に使ってくれていいから」

そう言ってくれるオーナーの優しさに応えるために、私は毎日精一杯働いていました。

そんなある日、仕事中に祖母が入院したという知らせが入りました。

今では唯一の肉親となってしまった祖母でしたが、途中でお店を抜けるわけにもいきません。

心配ではありましたが、その2日前に電話したときは元気そうな声をしていたので、とりあえず「明日出勤前に会いにいこう」と考えていました。

でも、その日のうちに祖母は帰らぬ人となりました。

まさかそんなに悪かったとは思っていなかったので、連絡を受けた私はお客さんの前で呆然としてしまいました。

すぐに駆けつけたオーナーに「早く行ってあげなさい」と言われても、どうしていいかわからなかったくらいでした。


祖母と無言の再会を果たすことになった私。

大好きな家族を楽にしてあげたかった。そう思ってずっと必死にがんばってきました。

でも結局、私を残してみんないなくなっちゃった。

「おばあちゃん、ごめんね」

最後の肉親の死に目にも会えなかった。私は一体なにをやっていたんだろうと思いました。

突然の孤独感に襲われ、力が抜けていきました。

でも、いつまでも甘えているわけにはいきません。

私にはオーナーのお店を開けるという大事な仕事があります。

肉親と呼べる人はいなくなってしまったけど、肉親のように思ってくれる人がまだいるのです。

祖母の葬儀を済ませた私は「もう絶対に泣かない」と決意したのでした。

そして2日ぶりにお店に戻ってきました。

ドアを開け手探りで電気をつけると、見慣れた光景がありました。

グラスもボトルもきちんと片付いています。オーナーがきれいにしていってくれたんだなと気づきました。

ただ、カウンターの上にはお皿が出しっぱなしになっていました。

片付け忘れたのかなと思って近づいてみると……それはオムライスでした。

いつだったか、オムライスが私にとって特別な料理であることを、オーナーに話したことを思い出しました。

オーナー、覚えててくれたんだ。

まだ温かそうなオムライスにはケチャップで文字が書かれていました。

〝が　ん　ば　れ〟

もう泣かないって決めたのに。

私はあふれる涙を止めることができませんでした。

「オムライスにね、ケチャップで文字を書くときはね、食べてもらう相手のことをすごく想いながら書くのよ」

どこかで母の声が聞こえたような気がしました。

EPISODE 12

Heartwarming Birthday Stories

料理は手紙のようなものだね。そこにこめた気持ちとか言葉が、味をとおして心に届けられる。そして本当に贅沢なものには、誰かの強い気持ちがこめられている。しっかり心から味わって、はじめてそれが贅沢だとわかるのかもしれない。

EPISODE
13
Heartwarming
Birthday Stories

幻の手品ショー

Mysterious magic show

ある日、部屋を掃除しているときに、どかしたタオルの下から紙袋が出てきた。

見覚えがなかったので中をのぞいてみると、おもちゃのようなものが入っていた。

どうやら手品グッズのようで、銀色の輪っかやツヤツヤした赤いハンカチ、シルクハットっぽい帽子などが入っていた。

家にあるもので私の知らないものといえば彼のものに決まっている。

だけど、なんでこんなものが？

すぐにピンときた。

彼が「今年の誕生日はびっくりさせてやる」とかなんとか言っていたから。

私はあわてて手品グッズをもとの場所に戻して、なにも気づかなかったことにした。


翌日は私の誕生日。

彼からプレゼントをもらって、一緒にケーキを食べて、そして私は彼の手品ショーがはじまるのを今か今かと待っていた。

でもいっこうにはじまらず、彼もそんなそぶりを見せない。

「手品は？」と聞くわけにもいかないので、黙って待っていたが、結局手品らしいことは

サンクチュアリ出版＝本を読まない人のための出版社

はじめまして。
サンクチュアリ出版 広報部の岩田です。
「本を読まない人のための出版社」…って、なんだソレ！って
思いました？ ありがとうございます。
今から少しだけ自己紹介をさせて下さい。

今、本屋さんに行かない人たちが増えています。
ゲームにアニメ、LINEにfacebook…。
本屋さんに行かなくても、楽しめることはいっぱいあります。
でも、私たちは
「本には人生を変えてしまうほどのすごい力がある。」
そう信じています。

ふと立ち寄った本屋さんで運命の1冊に出会ってしまった時。
衝撃だとか感動だとか、そんな言葉じゃとても表現しきれない程、泣き出しそうな、叫び出しそうな、とんでもない喜びがあります。

この感覚を、ふだん本を読まない人にも
読む楽しさを忘れちゃった人にもいっぱい
味わって欲しい。
だから、私たちは他の出版社がやらない
自分たちだけのやり方で、時間と手間と
愛情をたくさん掛けながら、本を読む
ことの楽しさを伝えていけたらいいなと思っています。

なにもなく誕生日は過ぎていった。

あれ？　彼の目を盗んでこっそり探してみたけど、どこにもあの手品グッズがない。

私は夢でも見ていたのか。


その数年後私たちは夫婦になった。


ある日デパートで一緒に買い物をしていたら、おもちゃ売り場で手品の実演販売を見かけて足を止めた。

ボールが消えたり、増えたり、あらぬところから出てきたり。

私が感心しながら眺めていたら、マジシャンのお兄さんが「どうぞよくご覧になってくださいねー」と声をかけてきた。

すると隣にいた彼が、ぐっと私の腕を引いた。

「ほら行くぞ！」

「なんでー、おもしろそうじゃん」

彼はひとり言のように「ああいうのはなあ」と言った。

「どうせ買ったって、今日明日すぐできるもんじゃねえんだよ。結局、すげえ時間かけて練習しなきゃ、うまくできないもんなんだ」

なぜか、その言い方には妙に実感がこもっていた。

EPISODE 13

Heartwarming Birthday Stories

私もサプライズをするのが大好き。こっそり準備をしているとき、相手の喜ぶ顔を思い浮かべてついニヤニヤしてしまう。そんな時間は本当に幸せ。逆に自分がサプライズを受けたとき、そんな風に「ニヤニヤしてしまう時間」が相手にもあったのかなあ、なんて想像するとさらに幸せになる。もう、それだけで十分。

EPISODE

14

Heartwarming
Birthday Stories

奇跡のボーダー模様

Miracle muffler

小学生のとき、家庭科の担当でS先生という先生がいた。

歳は40過ぎ、やせていて小柄な女性だった。うちのクラスの女の子たちは、少し口うるさくておせっかいなその先生のことが好きになれず、ほとんどの子が無視したり冷たい態度をとったりしていた。

そのうち授業前になると黒板消しでわざと黒板を汚しておいたり、授業中もわざと大きな声でしゃべることもあり、少しずつそういった状態がエスカレートしていった。

クラスが一度そういう雰囲気になってしまうと、なかなか元に戻すタイミングを見つけることができない。

目立つグループの子たちの問題ある行動に（さすがにちょっとやり過ぎなんじゃないかな）と感じていたような子でさえも、仲間はずれになるのが怖くて、その先生をしつこく遠ざけていたようだ。

そして私も……本当にその先生のことが嫌いなのかどうなのかさえわからないまま、反抗的な態度をとり続けてきた。

そんなある日の家庭科の時間、たしかその日は別のことをやるはずだったけど、S先生が突然「今日は少し楽しいことをしましょう」と言った。

S先生はわきに抱えていた大きな紙袋の中から編み棒と毛糸の玉を取り出し、クラス全員の机に一つずつ配っていった。

「みんな、かぎ編みは知ってるかな?」

女の子が喜びそうな編み物の授業。それはきっと先生なりに必死で考えた仲直り作戦なんだと思う。

でもクラスのしらけた空気が消えることはなかった。

黒板を使って一生懸命説明するS先生を無視して、みんなで勝手におしゃべりをしたり、席を立って歩いたり、まるで教室は休み時間のような状態で、編み棒には誰ひとりとして手をつけなかった。

結局そのままチャイムが鳴って授業は終了。

「男の子は面白くなかったかな……」

と先生は言ったけど、女の子も編み棒には手をつけていなかった。

さすがにひどいなと思いながら、私はS先生の姿を見守っていた。

自分が持ってきた紙袋に、配ったときのままの編み棒と毛糸の玉を一つひとつ丁寧に回収してまわるS先生の目は赤かった。

「それじゃあ、来週は教科書の続きをやるから……」

うわずりそうな声でそう言って、足早に教室を出ていった。

S先生は明らかに泣いていた。


S先生が出ていった後、クラスの女子グループリーダーNちゃんが「なにあいつ～」と言って笑い出した。その声を合図に、他の女子も一斉に笑い出した。でもなんとなくみんなの顔は少し引きつっていたような気がした。

私は、大人の女性が泣いているところを初めて見た。

しかも私たちのせいだ。

一番なりたくなかった人間に、今自分がなろうとしているような気がした。

家に帰っても、泣いているS先生の顔が全然忘れられなかった。

我慢できなくなった私は、次の家庭科の時間にS先生に謝ろうと決めた。

ちょうどその日はS先生の誕生日だということもあって、謝りたい気持ちを後押ししてくれたのだ。

そうだ、誕生日だからなにかプレゼントしよう。

クラスの子たちにどう思われるか少し怖かったけれど、わざわざ授業内容を変えてまで歩み寄ろうとしてくれた先生の気持ちに応えたかったのだ。先生が一生懸命教えようとしてくれた、かぎ編みを使って手編みのマフラーをあげようと思った。

編み物には慣れていない。本当に来週までに間に合うかどうか心配だったが、その日から一生懸命マフラーを編みはじめた。遊ぶ時間を削って早く帰宅したし、休み時間にもこっそりと編んだ。

何度も失敗したけど、何度もやり直して、無我夢中で編んでいた。

「なにしてんの？」

突然声をかけてきたのは女子グループリーダーのNちゃんだった。

私はみんな外に出ていったと思いこんでいて、うっかり昼休みに教室でマフラーを編んでいたのだ。

しまった……この子に嫌われたらクラスに居場所がなくなる。

「なにって……」

とっさになにか答えようとした私の脳裏に、目をまっ赤にしたS先生の顔が浮かんだ。嘘をつくのは違うと思った。

「S先生にプレゼントしようと思って。もうすぐ誕生日らしいから」勇気を出して言うと、Nちゃんはしばらく黙ったまま私の顔を見ていた。

「ねえ」Nちゃんが言う。

「それって……私も一緒にやっちゃ駄目？」

「え？」

予想外の言葉に、今度は私がNちゃんの顔を見返した。

「もちろんいいよ！」思っていたよりも、かなりの大声が出てしまった。

でもNちゃんは特に気にする風でもなく、私の前の席にどっかり座って、

「ねえ、それどうやんの？」

と身を乗り出した。「これってやり出すと止まんなさそうだねー」

私はすごく嬉しかったし、一生懸命かぎ編みに挑戦するNちゃんはすごく可愛らしいと思った。

次の日には、クラスの女子全員でマフラーを編むことになった。

みんな罪悪感を持ちながらも、ずっとどうしていいかわからずに悩んでいたのかもしれない。

それぞれ、好きな色で少しずつマフラーを編んできてもらうことにした。

そして先生の誕生日の2日前には、全員分の思い思いの色で編まれた四角いモチーフが集まった。

「少しちっちゃくなっちゃった」

Nちゃんもピンク色のモチーフを持ってきてくれて、集まったモチーフを、慣れない手つきでつなげていくと、派手なのも地味なのも、きれいなのもぶかっこうなのも、みんなの想いが全部つながって一つの作品になった。

でき上がったのは、それはすてきなボーダーのマフラーだった。

みんな仕上がりに大満足。クラスに歓声があがった。

「先生喜ぶかなあ……」そう言ったNちゃんは少し涙目になっていた。


そしてS先生の誕生日当日。

家庭科の授業のはじまりを告げるチャイムが鳴り、すりガラスにS先生の小さな影がうつった。

私はみんなの想いがこもったマフラーを強く抱きしめた。

EPISODE
14
Heartwarming
Birthday Stories

誰だって優しさを持っていると思う。でも時には、その優しさを見せることが難しいときもある。勇気を後押ししたのは、「誕生日にはハッピーになってほしい！」という心の奥底にある気持ちだった。一人一人の気持ちは小さくても、一つにつないだら、こんなにも素敵な贈り物ができる。

EPISODE 15

Heartwarming Birthday Stories

二人の似顔絵

Two portraits

同じ誕生日の人にめぐり合うのって、一体どのくらいの確率なんだろう？

私は高校のときに初めて付き合った彼がそうだった。

誕生日が同じだから、その日は彼と私が行きたかった場所にどっちも行って、食べたかったものをどっちも食べて、最後にプレゼントを互いに贈った。


そして付き合いはじめて2度目の誕生日。

少しずつ寒くなりはじめる季節。ふたりで梅田の歩道橋を歩いていたら、路上で似顔絵を描いているお兄さんと出会った。

そのお兄さんの人柄と絵柄が気に入った私たちは、記念にふたりの似顔絵を描いてもらうことにした。

「一緒の誕生日なんてすごいな。今日は二人にとって一年で一番しあわせな日やな！」

お兄さんは描き終えた似顔絵に、おまけで「Happy BirthDay!」と書いてくれた。

その心遣いがすごく嬉しかったから、私たちは「毎年誕生日にはふたりの似顔絵を描いてもらおう」と決めたのだ。

次の年の誕生日も、違う絵描きさんだったけど似顔絵を描いてもらった。

私たちはしあわせだった。

これから先、お互いが他の誰かを好きになるなんて想像もできなかった。

きっと似顔絵の中の私は少しずつおばあちゃんになっていくし、その隣には同じように少しずつおじいちゃんになっていく彼がいて、そうやって同じ日付が入った似顔絵がこの先、何枚も何十枚も増えていくんだと思っていた。

でも、私たちは別々の道を歩むことになった。

お互い「一つしかない恋」が、いつの間にか「一つの恋」と思えるように変わっていたのだ。


それから何年かしたある年の誕生日のこと。

友だちとごはんを食べた帰り道、梅田の歩道橋を歩いていたら、路上に似顔絵が飾られていた。

ふと懐かしい気持ちになった私は、友だちと一緒に似顔絵を描いてもらうことにした。

描いてもらっているとき、私がそんな元彼との昔話をすると、友だちと絵描きさんは

「ロマンチックやねえ〜！」とか「私の若い頃なんて……」とか言いながら盛り上がってくれた。私は少し恥ずかしくなって、ふと目をそらした。

すると背後にカップルの足元が見えた。

目が合い、私の心臓は跳ね上がった。


そこに立っていたのはまさにその元彼だった。

信じられない。元彼は私とは少し違うタイプの女の子を連れていた。

女の子の方は似顔絵に興味津々といった様子だったが、元彼が「ほら、行くで」と言って腕を引っ張ると「あれ？　描いてもらうんと違ったん？」と不思議そうにしながらも元彼の行く道に従った。

元彼は去り際、私に向かって一瞬、温かいような、せつないような、かすかな笑みを見せてくれた。そして女の子の背中に手を添え、雑踏にまぎれた。

カップルは消えていく。その姿を見るともなく見る。

おめでとう。

思い出の中よりも、彼はずいぶん大人になっていた。
ありがとう。私はまた心の中で言った。
友だちは絵描きさんとまだ夢中で話し込んでいる。
街は少しずつ寒くなりはじめていた。

EPISODE
15
Heartwarming
Birthday Stories

たとえ別々の人生を送ることになっても、共有した習慣だけはいつまでも残っている。そんな習慣をきっかけにして、ふたたびお互いの今を知ることもある。始まりには終わりがつきものだけど、終わりがくれば新しいなにかが始まる。少し感傷的になるときもあるけど、ちゃんと今を生きないとね。

EPISODE
16
Heartwarming Birthday Stories

遠い日のプレゼント

Distant day gifts

いつか友だちの家に遊びに行ったときのこと。

たいそうなショーケースに『聖闘士星矢《セイントセイヤ》』のフィギュアが飾ってあった。聖闘士星矢はクロスという鎧をまとって戦いをくり広げるアニメだが、そのクロスすらも取り外し可能なかなり本格的なフィギュアだった。しかも主人公ではなくゴールド聖闘士《セイント》と言って、物語中では敵として登場するキャラらしい。

「これどーしたん?」

彼には息子がいたがまだ赤ちゃんで、フィギュアで遊ぶとは思えなかった。

彼はニヤリとして「いいやろ?」。

いつか大人になってお金を稼げるようになったら、これだけは買うと決めていたらしい。〝12星座にそれぞれ守護者がいる〟という物語の設定上、ゴールド聖闘士は12人もいる。

今飾られているフィギュアは2つ。

「全部集めるつもりやねん。自分へのプレゼントってことで。まあ大人の趣味やな」

聞けば、1体6000円のフィギュアだ。それを12体……。

「困った人でしょ?」と言った奥さんの目が本気だったこともうなずける。

「わからんな〜」

学生時代は、アニメとかおもちゃに熱くなるようなタイプじゃなかったはずだ。

「そうなんよ。自分でも、なんで好きなんかよくわからんねんけどな」


それから何年か経ち、互いにそんなやりとりがあったこともすっかり忘れた頃。

ある日ふと思い出して、そいつに電話した。

「今日、おまえ誕生日やろ?」

「おおよく覚えてたな。完全に忘れてたわ」

どうやら彼は誕生日にあまり興味がないらしい。「なんか思い出ないの?」とたずねたら「ない」と一蹴されてしまった。

それからしばらく他愛もない話をしていたら、急に「そう言えばそうや」と言った。

「昔、おれが小学校2年の頃かな」

「ほう」

「オヤジが長いこと入院しててな。オカンひとりで家族の面倒をみてた時期があったんよ。姉貴もいとこん家に預かってもろて、オカンはパートで働きづめで。大変やったと思うわ。あの頃のオカンめちゃめちゃ怖くてな。いっつもイライラしてて、おれもしょっちゅう怒鳴られてて」

「なんの話?」

「いや、そんななか誕生日を迎えたことがあってな、その日もオヤジのお見舞いあったし、おれもオカンもくたくたやったし。自分からどうも言い出しにくくて。けどその日家に帰ったらオカンが突然プレゼントくれてん」

その時に『聖闘士星矢』のフィギュアをもらったという。

「ほら、当時流行ってたやろ? あの人形。おれやけに嬉しくてな。あんなに嬉しいもん、もろたの初めてやわー。オカンが誕生日ってことを当たり前のように覚えてくれてたんも嬉しかったし。あれはいい思い出やな」

ま、どうでもええ話か、と言って彼は笑った。

ぼくも「そうやな」と言って笑いながら、いつだか新築のにおいがするあの部屋で「自分でも、なんで好きなんかよくわからんねんけどな」と嬉しそうに笑っていた彼の顔を思い出していた。

EPISODE

16

Heartwarming
Birthday Stories

うれしいこと、かなしいこと。いろんな経験や体験は記憶から消えてしまっても体が覚えていたりするもの。いつの間にか頭では忘れてしまっていたことが、体のどこかに残っていて、なんらかの形になって現れることはきっと人生においてたくさんあると思う。祝ってあげた日のことを忘れてしまっても、「誕生日」という響き自体が幸せなものとして残ってくれれば、そんな素敵なことはないんじゃないかな。

EPISODE 17

Heartwarming Birthday Stories

兄がくれた腕時計

The watch my brother gave me

私は４つ上の兄といつもケンカばかりしていた。

と言っても、いつも熱くなっていたのは私だけ。

私がどんなに嫌な言葉を吐いても兄はのらりくらりとかわす。

「せかせかしなさんなって。ゆっくり時間をかけよう」

というのが兄の口癖。

兄はよく言えばおおらかな、悪く言えば呑気すぎる性格で、何事も手際よくさっさとこなしたい私と噛みあわず、よくイライラさせられていた。

「誰に似たのかしらねえ」

母はそんなことを言うが、言うまでもないことだ。

私はバリバリの営業マンである父に似て、兄は「誰に似たのかしらねえ」なんて呑気なことを言う母に似たのだ。


そんな兄がどういう風の吹き回しか、たった一度だけ私に誕生日プレゼントをくれたことがある。

私が高校入学した年のことだった。誕生日の朝、「今日誕生日じゃなかったっけ？　ほら、プレゼント」といきなり小さな箱をぽんとよこしてきた。

兄の意外な行動に私はびっくりしながらも、「ありがとう」と素直に受け取った。

箱を開けてみると、中身は見るからに安物のデジタルの腕時計だった。見た目も名前も完全にGショックの偽物。

今時こんな時計、千円もしないだろう。もしかしたらゲームセンターのクレーンゲームでとった景品かもしれない。

兄の気まぐれプレゼントなんかに期待なんてしていなかったが、ふと私は別のことに思い当たった。

「ほら、そうせかせかしなさんなって」

こないだのケンカのときもそう言っていた。

時計なんかよこしてきて、きっとこれは私への当てつけに違いない。

腹を立てたものの、さすがに捨てるのは気が引けたので、腕時計は身につけることなく机の奥にしまい込んだ。

そんな兄との別れは1年後、突然やってきた。

ぼんやり授業を受けていたとき、血相を変えた先生が教室に飛び込んできて、私は訳もわからないまま職員室へ連れていかれて、そこで聞いたのは〝バイク事故を起こした兄がたった今搬送先の病院で亡くなった〟という知らせだった。

私は、頭が真っ白になって、先生が誰の話をしているのかわからなかった。

兄がバイクの事故で死ぬなんて。

「せかせかしなさんな」あれほど言ってたくせに。


その日以来、私は兄がくれた時計をつけて出かけるようになった。

それが唯一といっていい形見だったからだ。


やがて高校を卒業した私は、映画を扱う仕事に就きたくて、映像関係の専門学校へ進み、学校を卒業する年になると、映像関係の会社の採用試験をいくつも受けた。

だけど、なかなか良い返事はもらえず、唯一、二次面接の通知をくれた会社は、〝とりあえず受けた〟感じのところだった。

映像関係の会社でも、あんまり行きたかった会社でもない。

でも、ここを逃したら1年間就職浪人することになる。

ものすごく悩んだ結果、その会社の二次面接を受ける申し出をすると、もうこの時点でほぼ内定が決まったものと考えて良いとのことで、あとは簡単なディスカッションをする程度でいいと担当の人に言われた。

(気の進まない職場でも、きっとそのうち慣れるさ) そんな風に考えることにした。


そして面接の当日、約束の時間より1時間近く早く着いてしまったので、近くのカフェで時間をつぶしていた。

しばらく読書に没頭して、ぼんやりカフェの壁掛け時計に目をやると、さっと血の気が引いた。面接の時間は3時。

3時5分だった。

「そんな!」思わず声を上げた。

ちゃんとアラームを設定してたはず。

だが、時計に目を落とした私は言葉を失った。

画面に見たことのない横線が何本も入っていた。完全に停止していたのだ。

まさかこのタイミングで壊れるなんて。

すぐにその会社に電話をしてなんとか時間をずらしてもらったが、面接では遅刻のことをねちねちと言われただけで、内定の連絡がくることはなかった。


私はものすごく落ち込んだ。そのやり場のない怒りは兄に向けるしかなかった。

「もう、なんでこんな大事なときに限って止まるのよ！」

兄のせいじゃないって、わかっていたんだけど。

母はのんびりと言う。

「きっと、お兄ちゃんがそんな会社やめとけって言ってるのよ」

結局、私は就職先を決められないまま4月を迎え、兄の腕時計は、壊れたまま机の奥にしまわれた。


それから2ヵ月ほどたった頃に突然、専門学校時代の友だちから連絡がきた。

「会社に欠員が出たから、力を貸してほしい」

そこは小さいけど映画を扱う会社だったので、私はふたつ返事で了承した。

こうして、私はずっと望んでいた仕事に就くことになる。

あんなに苦労した就活が、まるでウソのようにあっけなく終わった。

そしてその後待っていたのは、大変だけどやりがいのある仕事に恵まれる日々だった。

今の旦那とも、その会社で出会うことになった。


もしもあのとき、面接を受け損なったあの会社に入っていたら、まったく違う人生が待っていただろう。

その人生が今より幸せだったかどうかは、わかりようもないけれど。

私は今ある日々で良かったと思っている。


今年から小学生になるひとり娘にもいつも言っている。

「せかせかしなさんな。ゆっくり時間をかけよう」

兄がくれた大切な誕生日プレゼントは、今も机の奥に大事にしまってある。

EPISODE

17

Heartwarming Birthday Stories

たしかに安物だったかもしれないけど、彼女にとってはこれから先の時間も刻んでくれるすごい時計だったんだね。プレゼントを渡すということは、その瞬間の喜びだけではなくて、これまでの時間、これからの時間も一緒に考えてあげたいもの。受け取る方は、そんなたっぷりの気持ちと一緒に感謝したい。

EPISODE

18

Heartwarming Birthday Stories

世界共通の想い

Universal compassion

27歳の誕生日、私はオーストラリアに向かう飛行機に乗っていた。

ゴールドコーストに住む親友が誕生日パーティーを開いてくれるということで、有休を使い、一人オーストラリアに向かう決心をしたのはほんの数日前。

ぼんやり窓の外を眺めながら、「ああ本当に来たんだなあ……」と少し不思議な感覚にとらわれる。

やがて飛行機は着陸態勢に入り、ほどなくしてゴールドコースト空港に到着した。


空港のロビーまで行けば友人が迎えにきてくれる。

英語をほとんど話せない私にとってなにより不安な一人きりの時間が終わる。

でもその前に入国審査がある。

私はこの入国審査がどうも苦手で、過去2回の海外旅行においても苦い記憶しかない。

機械のように黙々と仕事をこなす入国審査官の前では、つい気持ちが萎縮し、挙動不審になってしまうのがイヤ。もう少し人間らしく扱ってほしいなと切に思う。

友人は「女の子はそんなに厳しくされないよー」なんて楽観的だったけど、私はまったく気を抜くことができず、列に並んでいる間「サイトシーイング……サイトシーイング……ファイブデイズ……ファイブデイズ……」と答えるべき項目を何度も復唱していた。

私の英語の発音は典型的な〝カタカナ英語〟。そのせいで余計にモゴモゴしてしまい、相手に怪訝な顔をされることが多い。


入国審査の列は進んで、いよいよ私の番がやってきた。

思ったとおり、審査官はロボットのように無表情な白人男性だった。

シベリアンハスキーのような冷たい目で、私の顔とパスポートとを注意深く見くらべる。

その審査官のことを、私はまるで叱られる前の子どものような表情で見つめていたと思う。

やがて審査官は小さくうなずくと、なにも言わずに入国のスタンプをポンと押した。

そして私にパスポートを返すとき言った。


「Happy Birthday」

私は一瞬なにを言われたかわからなかったが、すぐに自分が誕生日だったことを思い出して、あわてて「サンキュー！」と言った。

男性は微笑みながら一度だけ小さくうなずくと、次の瞬間には前を見据え〝審査官の顔〟に戻っていた。

EPISODE
18
Heartwarming Birthday Stories

お役所的な対応が苦手という人は多いと思う。どうしてもっとにこやかにできないものかなってつい思ってしまうときもある。でも自分の感情を出すことなく、何事にも冷静に厳しく対処していくのが彼らの大切な使命。たとえ一瞬でも笑顔を届けてくれたのは、精一杯の贈り物なんだと思う。

誕生日の朝。

新聞を取りに郵便受けに行くと、チューリップの花束がありました。

差出人の名前はなくて、メッセージカードだけが添えてありました。

「あなたのやさしさに救われました。ありがとう」

心あたりはまったくなかった。

でも私が大好きなお花だったし、その数はぴったり年の数だけあったから、私に贈られたものなのは間違いないと思いました。

今でも不思議なのですが、どこかで誰かの力になれていたことがわかって嬉しかったです。

EPISODE
19
Heartwarming
Birthday Stories

伝えられなかった言葉

Words I could not say

僕がTと出会ったのは高校2年の春。

軽音楽部でバンドをはじめた僕に、友だちが紹介してくれたベーシストだった。

すらっと背が高くて、顔立ちもカッコ良くて、普通に過ごしていたら、僕の人生とはあまり接点のなさそうなタイプだった。でも僕とTは、音楽の趣味を通してすぐ仲良くなった。

そして夏も終わりに近づいたある日。バンドの練習の帰り道、突然Tが「そういえばオレ今日誕生日やー」と言った。

「え？　マジで？　早よ言えやー」

けど財布の中身はすっからかん。

仕方ないので近くにあった駄菓子屋に入り、〝うまい棒〟を買って渡した。

するとTは「ありがとうなー。今年祝ってくれたんお前だけやわー」と素直に喜んでくれた。まさかそんなに喜んでくれるとは思ってなかったので、僕もうれしくなった。

学園祭のライブは反省点は山ほどありつつもそれなりに好評で、その後は自分たちで場所を借りてライブしたりもした。本当に毎日が楽しかったが、ドラムが3年生だったこともあってバンドの活動はだんだん減っていった。

ある日部室でなんとなく楽器をいじっているときに、Tが言った。

「このままバンド自然消滅すんのいややなー、おれ、お前のオリジナル絶対いけると思うねん」

僕たちのバンドはコピー専門のバンドだったが、実は少し前にオリジナル曲を作ってTに聞かせていたのだ。

「ほんま?」

人に自分の作った曲を聞かせたことはなかったので、はじめての評価を聞けて、僕は素直にうれしかった。

でも結果から言うと、そのバンドは自然消滅した。

ドラムが卒業して、残された僕たちも3年になり進路のことも考えなくちゃならない時期になっていた。進学クラスのTならなおさらだと思った。しかしそれも理由のひとつだけど、本当の理由はたぶん僕がTを避けるようになっていたことだ。

Tは少し変わっているところがあって、変わっているとは言っても、たとえば左右違う柄の靴下をはいていたり、ちょっと変わった言葉使いをする程度のものだったんだけど、高校生の間で笑いのネタになるには十分で、みんなのネタにしているうちに軽音楽部内でTとしゃべる者も減っていって、いつしか無視という状態に近くなっていた。ただTはTで自分のクラスに友だちがたくさんいたので、僕は単純にお互いの居場所が変わっただけなんだというふうに思っていた。

そして夏休みも近づいてきたある日、渡り廊下でTとばったり出くわした。

「なあ」すれ違い様にTが声をかけてきた。

「いい加減、仲直りしようや」

そのとき、久しぶりにTの声を聞いた気がしたのに、自分はほんとにずるい奴だと思った。

「え？　仲直りってどういう意味やねん」とはぐらかしてその場を逃げるように去ったのだ。

そうやって声をかけるだけでも、ものすごい勇気を出してくれたはずなのに、僕はなにも答えてあげなかったんだ。

このままじゃいけない。

夏休みに入ると、僕はこの状況をなんとかしようと考えた。２学期になればあいつの誕生日が来る。そのときにまた一緒に駄菓子屋へ寄ろう。去年みたいにうまい棒をおごって、さりげなく今までのことを明るく謝ろう。

そんな日を想像した。

でもその日は来なかった。

Ｔが死んだというニュースを聞いたのは、夏休みも終わる頃だった。

海水浴に行っておぼれたらしい。

お葬式の日、棺桶の中で眠っているだけのように見えたＴの顔を見てもまだ実感がわかなかった。女子はみんな泣いていたけど男子で泣いてるヤツはいなかった。

僕は同じバンドだった友だちとしてＴのお母さんに挨拶しようとしたが、なにを話せばいいのかわからなかった。

戸惑っている僕に声をかけてくれたのは、目を真っ赤に泣き腫らしたＴのお母さんの方だった。

「息子と一緒にバンドやってくれてた子やね？」

「はい」僕は下を向いたままうなずいた。

「あの子ね、バンドやってるときほんまに楽しそうやったんよ」

「はい」

「短い人生になってしまったけど、ちゃんと幸せな思いもたくさんしとったと思うよ」

「はい」

「ほんまに、ほんまに、ありがとうね」

はい。僕は泣いてはいけないと思った。唇をぎゅっと噛んだ。仲直りもできなかったくせに、こんなところで泣いてたら僕は本当に勝手なヤツだと思った。そういう最低なヤツにだけは絶対になりたくなかった。

もうTに謝る機会は一生来ないし、うまい棒をおごることもできない。

「こちらこそ、ありがとう」そう伝えたかったけど、もう伝わらない。

でも、涙をこぼしてしまった。


「お前のオリジナル、絶対いけると思うねん」

あの日、Tが言ったその言葉を胸に僕は今も音楽を続けている。

EPISODE

19

Heartwarming Birthday Stories

誕生日っていうのは一年経てばやってくる。それが当たり前だと思っているけど、約束はされていない。その日を迎えられること、その日を誰かと一緒に祝えること、それだけですごい幸運だと思う。今日があること、命があること、せめて誕生日のときは精一杯祝福したい。

EPISODE 20

Heartwarming Birthday Stories

真っ白の予約表

Blank booking table

私は原宿の美容院で働いています。

美容師としてお客さんの髪を切れるようになるには、まずアシスタントとして数年働いて、その間にいろんなテストに合格しなければなりません。最後に店長にGOサインをもらって、晴れて一人前の美容師にしてもらえるのです。

専門学校を卒業してから4年。ついにずっと夢見ていた美容師になることができました。はじめてお客さんの髪をカットする日のことを「デビュー」と言うのですが、そのデビューの日のことははっきり覚えています。

お客さんが全然来てくれなかったらかわいそうだから、と言って静岡から母が来てくれたり、美容師になった私の晴れ姿を見たい、と言ってたくさんの地元の友だちが来てくれて、デビューから数日間は感謝と感動の日々の連続でした。

でもお祝いムードが終われば、そこから本当の試練の日々がはじまります。

たいてい髪は一度カットすれば、何ヵ月かは美容院に行かなくていいもの。

思った通り、私の予約表は真っ白になりました。

デビューしたての私を指名してくれるお客さんがいるはずもありません。

なのでフリーのお客さんがいらっしゃったときや、指名されたスタイリストさんが急遽担当できなくなったときに、代役として仕事をいただくことになり、そういうときに次もまた指名していただけるように一生懸命接客しました。話題に困らないように最新の映画を見たり、ブログをはじめたりもしました。

ただそういうチャンスは多くはありませんし、せっかくそういうチャンスにめぐまれたとしても、ひとりで空回りしてしゃべりすぎたり、お客さんの話に気をとられて手を切ったりするなどのミスをして、お客さんを送り出すたびに「今回もダメだった……」と落ち込むのです。業績はまったく伸びず、私の予約表はずっと寂しいまま。一日中、なにもすることなく立っている日も少なくありませんでした。

アシスタントだった頃の方が、よかったかもと考えることもありました。サポートでいろんなお客さんと関われる時間があったからです。ただ立っているだけの時間が続くと「私はなにをやってるんだろうな」とか「これが私のずっとやりたかった職業なのかな」とか悪い考えばかりが浮かんできましたし、一日を明るくふり返って書くブログも、だんだん苦痛になりはじめていました。

そんな風にしてデビューから4ヵ月。

その日も私にはお客さんがいなくて、店内を忙しそうに動き回るスタッフたちをぼんやり眺めていました。お店の電話が鳴ったときも、手持ちぶさたの私が受けました。

「はい美容院〇〇です」

「あのう、カットの予約いいですか？」

「はい。カットですね、３日後の14時半から16時の間で……」

電話をとる回数が一番多い私は、手際よく予約の確認を進めました。

「ご希望のスタイリストはお決まりですか？」

お客さんは言いました。

「えっと、ワタセさんを」

「渡瀬ですか？」

思わず聞き返したその名前は、私の名前。

「あ、ありがとうございます。それでは、お待ちしております！」

予約の電話の後に必ず言うセリフなのだけど、いつも以上に力がこもってしまったのは言うまでもありません。

予約名を見て、どんな方だったか思い出してみました。

たしかボブショートにした3つ上の方。デビューして間もないとき、フリーで入ったそのお客さんに対して、私は例によって空回りして、大好きなスターバックスについて熱弁をふるって困らせた記憶がありました。もう来てくれないかと思っていたお客さんが予約を入れてくださって、私は感激しました。

そして3日後。

約束どおりに来てくれたお客さんは「この前やっていただいた髪型がすごい気に入っちゃって」と言ってくださいました。それだけでプレッシャーだったのですが、緊張している場合じゃないと気を引きしめ、はじめて指名をしてくれたお客さんに感謝の気持ちを込めながら、丁寧に丁寧にカットしました。

「こんな感じでどうでしょうか?」仕上げの後、恐る恐る聞く私に、

「うん、すごくいい感じ!」と言ってくださったときは本当に嬉しかったです。

そしてお会計が終わって送り出すときのことでした。

お客さんが「あのう、ブログで読んだんですけど」とおっしゃいました。

「はい?」私はよくわからず聞き返してしまいました。

「今日お誕生日ですよね？　つまらないものなんですけど」

どうぞ、と言って小さな封筒をくださいました。

前日のブログのタイトルには「明日は誕生日！」と元気いっぱいに書いていました。たまたま予約をいただいた日と重なって嬉しかったからです。

封筒から出てきたのは、スターバックスのプリペイドカード。

「ありがとうございます！」

これが私のずっとやりたかった職業なのかな？　こんなことしてなんの意味があるんだろう？　なんにもすることがなくぼーっと立ちながら、ずっと頭の中をかけめぐっていた疑問のすべてがこのとき一気に晴れました。

「じゃ、またお願いしますね」とお客さんがお帰りになった後、私はあふれる涙をおさえられませんでした。

一生懸命がんばっていれば、必ず誰かが見てくれている。

美容師になって最初にむかえた誕生日は、そんな大切なことを教えてもらった日でした。

EPISODE 20

Heartwarming Birthday Stories

努力は花のようなもの。今日がんばっても、明日結果が出るとは限らない。信じて水をやり続けた人だけが、きれいな花を咲かせられると思う。でもそれは地道だから、投げ出したくなる。そんなときは、みんなに自分の想いを伝える。誰かが応えてくれたなら、それはなによりも強い力に変わるんだね。

EPISODE

21

Heartwarming
Birthday Stories

主役のいない誕生日

A Birthday party without a lead

よく晴れた5月のある日、実家から「弟が死んだ」という知らせが入った。

消防士だった弟は、赤信号を横断したときにトラックと接触。

消防車は横倒しになり、投げ出された弟は命を落とした。

6月に誕生日を迎えるはずだった。

なにより、2週間後には結婚式を控えていた。

そこにあるはずだった幸せな日々。

突然、途絶えてしまう。

私たち家族は、まるで別の世界に放り込まれたみたいだった。

弟がいない。私にはまるで現実感がない、すべてが作り物のようだった。


母は幼い頃にも、自分の弟を事故で亡くしていた。

そのせいもあって事故の直後、母は「弟が死んでしまったのは私のせいだ」と取り乱した。

私はもちろん悲しかった。でもそれと同じくらい、母の状態が心配だった。

だから弟の誕生日が近づいてきたときは、その日がなるべく早く過ぎ去ってくれることを祈った。

母は事故のショックから立ち直っていない。その状態で、弟の誕生日を思い出すのは精神的によくないだろうと思った。

いつも通りなら、ひとりで心を弾ませながら街に出て、弟の誕生日ケーキを選んだりプレゼントを買ったりしていたのだから。


暦からなくなってほしいとさえ思った弟の誕生日。

私は実家に電話をした。

「あら！　電話くれたの？　ありがとうね」

受話器をとったのは、予想外の明るい母の声。

拍子抜けするくらいいつも通りの母と、しばらく他愛もない世間話をつづけた。

お母さん、ひょっとして今日が弟の誕生日って気づいていないのだろうか。

ふだんの母ならあり得ないが、ここ数週間の騒ぎで忘れてしまったのか。

とりあえず弟の話は伏せておいた。

その後、妹に電話をかわってもらった。

「お母さん、どう?」

「どうって」妹ははぐらかした。

「私、この日が来るの、すごく憂鬱でさ。なるべく考えないようにしてたんだけど。これから毎年、悲しい思いするしね。でもお母さん、意外と普通だったね」

「あのさ」妹は急に声をひそめた。

「今朝、お兄ちゃんの仏壇がある部屋から、お母さんの声したの」

妹がこっそりのぞくと、母は仏壇の前に座っていたらしい。

声をかけようと思ったが、やめた。

母の顔が真っ赤だったからだ。

母は背中を小さく丸めたまま、ひざの上にケーキをのせて、息子のために泣きながら〝Happy Birthday to you〟を歌っていたのだ。

「でも、朝ごはん食べるときには、もう普通だったよ。『今日お兄ちゃん誕生日だから、おめでとうって言ってあげてね』って言ってた」

電話を切ったあと私はしばらく考えた。

母なりに、私のことを心配してたのか。
天井に向かって「おめでとう」ってつぶやいてみた。
弟のいない世界が、少しずつ日常になりはじめていた。

EPISODE

21

Heartwarming
Birthday Stories

たとえつらい別れがきてもう会えなくなったとしても、その人の誕生日が消えることはない。同様にその人が生まれたときの喜びや、その人がいたからこそ感じられた感情も消えることはない。仏壇の前でお祝いした誕生日。泣きながら歌ったバースデイソングには、きっとそんな感謝の気持ちがこめられていたんだと思う。

EPISODE 22

Heartwarming Birthday Stories

親子のカタチ

Form of our family

「でっかか夢ばかなえに行ってくるけん！」

そう言って実家のある長崎から東京に出てきて5年。今日で30歳。

日雇いのバイトを終えた俺は駅前の喫煙スペースでタバコを吸いながら、携帯電話の電話帳をあてもなくスクロールさせていた。


こっちで仲良くなった友だちはいないでもない。だが、誕生日に一緒に過ごすほどのヤツもいない。彼女もいたけど1年ほど付き合って自然にさめて、気づけばもう2ヵ月近く連絡を取っていない。

実家にも最近電話をしていない。

母と話すたびに、くだらない見栄を張りたくなるからだ。

「クライアントがさ、話のわからんヤツやけん」とか。

「今日もこれからテレビ局に出向かんばいけんとさ」とか。

つじつまを合わせるために用もないのに街に出て、わざわざ雑踏の中から電話をすることもあった。どれも小さな嘘だ。だが嘘に嘘をかさね、気づけば俺は、小さいけどいちおう自分の会社を設立し、芸能人似のかわいい彼女がいて、なに不自由なく多忙な生活を送っている、ということになってしまっている。

ところが現実の俺は、誕生日にもかかわらず日雇いのバイトに行き、ついさっき手渡しで受け取った給料から、先々月分のガス代をコンビニで払い終えたばかりだ。

「とりあえず、体だけは壊さんごとせんばよ」いつも母はそう言っていた。

〝母親に伝えている自分〟とは、もはや絶望的な差がある。

そんなこともあって、どんどん電話しにくくなっていた。


タバコを灰皿に突っ込み歩き出そうとすると、改札口の前で20歳くらいの青年と中年のおばさんの二人組とすれ違った。

大きな荷物を背負った青年に、おばさんは心配そうな顔をしながら一生懸命ユニクロの紙袋を押しつけていた。青年は「いらねえって」と手で払いのけながら、その目は明らかに周囲の視線を気にしていた。青年が「じゃあ行くから」と駅の改札とは反対方向へ歩き出すと、おばさんは所在なさそうに、突き返された紙袋を胸に抱えた。

「なんかあったらいつでも電話するのよ」

おばさんはその背中に声をかけた。耳にはおそらく届いていただろうけど、青年は振り返らず人ごみの中に消えた。

おばさんはいつまでも手を振っていた。二人はきっと親子なんだろう。

あの青年は、自分の姿が見えなくなった後も、母親がいつまでもずっと手を振っていたことを知っているのだろうか。

走って、追いかけて、教えてやりたい気分だった。

できれば、長崎を飛び出したあの日の俺にも。


ふと思う。

俺の小さな嘘やしょうもない見栄なんて、母は全部お見通しなんだろう。

「とりあえず、体だけは壊さんごとせんばよ」

作り上げた〝理想の自分〟が急につまらない存在に感じた。

今日は俺の30歳の誕生日。

携帯電話の画面に、〈かあちゃん〉という文字が表示されていた。

EPISODE 22

Heartwarming Birthday Stories

子どもは「母親は自分のことを全然わかっていない！」って思う。でも母親って全部わかっていたりするんだよね。わかった上で、包みこんでくれている。嘘をついたっていい。別に立派な人にならなくたっていい。ただ元気でそこにいるだけで、うれしいと思ってくれている。

EPISODE 23

Heartwarming Birthday Stories

同じ気持ち

Same feeling

付き合って4年になる彼がいます。

今年の私の誕生日は、お互い休みを取って一緒に過ごすことになっていました。

彼は小さな劇団に所属していて、経済的にぎりぎりの生活を送っているので、誕生日に旅行へ連れていってくれたり、高価なプレゼントを買ってくれることはありません。そのことをいつも申し訳なさそうにしていましたが、私にとっては、バイトの休みを取って一緒に過ごしてくれるだけでも十分嬉しかったです。


誕生日の前日のこと。ひとりで買い物をしていた私は、大好きなブランド、X-girl（エックスガール）の新作トートバッグを見つけました。

店員のお姉さんが言うには「大変人気の商品でこれが最後の一品です」とのことでした。

お値段は1万円とちょっと。

私は迷いました。そんなにお金はありませんでした。

でも〝自分への誕生日プレゼント〟ということで、思い切ってそのバッグを買うことにしました。

そして翌日は、買ったトートバッグは持っていかないことにしました。自分で誕生日プレゼントを買ったなんて知ったら、また申し訳ない気持ちにさせてしまうからです。

ところが彼の部屋のドアを開けると、「お誕生日おめでとう!」と彼は元気がよくて「今年はちゃんとプレゼント用意しましたー!」と言ったのです。

「ええ? そんな、無理しなくてもよかったのに」そうは言いましたが、無理してくれた彼のやさしさに胸が熱くなりました。

彼は「ちょっと待ってて」と言うと、部屋の奥へいそいそと戻り、踊るようにしながらプレゼントの袋を持ってきてくれました。

見覚えのあるロゴマーク。

〝X-girl〟

非常に嫌な予感がしました。

「じゃーん!」

彼が自分でプレゼント袋を開けて中身を取り出してくれましたが、中から出てきたものは予想通りのものでした。

私はとっさに喜ぶ演技をしました。

「わー嬉しい！　これ欲しかったんだ！　よくわかったねー！」

昨日買ったのと、まったく同じトートバッグでした。

彼は気づいていません。

「いや、なんかね、人気商品であと2つしかなかったらしくてね。買えてよかったよ」

あと2つ？

「へえ、そうなんだ」今度は本当に驚きました。こんなことってあるもんなんだなって。

最後の一つを買ったのが私だと知ったら、彼はどんな顔をするだろう。

でも、もちろん教えるつもりはありませんでした。

X-girl のことなんて全然知らない貧乏な彼が、一生懸命選んでくれた大切なバッグなんだから。

家に帰って、私は2つのトートバッグを並べてにやにやしました。

どう見てもまったく同じトートバッグです。

それはまるで私たちの4年間の、答え合わせを見ているようでした。

EPISODE
23
Heartwarming
Birthday Stories

プレゼントって、贈るまでの過程が楽しい。その人の顔を思い出したり、その人が話していたことを思い出したり、その人と行った場所や、その人と過ごした時間を、ずーっと一生懸命考えたり。心をこめればこめるほど、あげるときの喜びが大きくなるよね。

EPISODE
24
Heartwarming Birthday Stories

しゃちほこキティ

Shachihoko Kitty

名古屋生まれ、名古屋育ち。

そんな私の携帯電話に、名古屋名物であるしゃちほこの格好をしたキティちゃんのストラップが付いていることを、いつも職場の同僚は面白がります。

「どんだけ地元愛だよ」って。


私には遠距離恋愛中の彼がいます。

彼は東京に住んでいて、休みの日になるといつも名古屋までバイクに乗って会いにきてくれました。私はずっと彼と一緒にいたいと思っていたし、彼もその気持ちに一生懸命応えてくれました。

でも、距離が遠いと心も離れていくものなのでしょうか。

はじめは「週に1回必ず」と約束してくれた彼も、いつしか2週間に1回、月に1回、そして今となっては何ヵ月かに1回しか会いにきてくれません。

今年の私の誕生日も来てくれる予定でしたが、当日になって突然彼から「ごめん」というタイトルのメールがきました。

「ごめん。今日やっぱ仕事。急に人が足りなくなって、そっち行けなくなった」

え……と私は思いましたが、

「そっか、じゃあしょうがないね。埋め合わせ期待してるよ！」

と明るく返そうとしました。わがままは言えない。そんなことをしても仕方ない。

でも彼の顔を思い出したら、急に我慢できなくなってメールを書き足しました。

「仕事大変だと思うけどがんばってね。からだを壊したりしないでね。はやく会いたいです」

彼からの返信はありませんでした。


結局その日、私は両親と家で過ごしました。

いろんな人におめでとうって言ってもらったし、友だちからメールももらいましたが、特別なことはなにもなかった日。

「彼は今頃仕事終わった頃かなあ……」

寝よう、と思ってお布団を用意していたら、外からバイクのエンジン音。

まさか。

パジャマ姿のまま玄関を開けると、脇にヘルメットを抱えた彼がぶるぶる震えながら立っていました。「まだ誕生日だよね」

携帯電話を見せてきました。11時48分。

「うん、セーフ！」

「お誕生日おめでとう」

私はお礼を言うより前に「いったいどうしたの？」とたずねていました。彼はなんとか他の人に仕事を頼み、そのままバイクを飛ばして名古屋に来たそうです。

これ、と差し出されたのは、しゃちほこの格好をしたキティちゃんのストラップ。

「ちゃんとしたプレゼントは今度渡すから」

「これ、途中のサービスエリアで買ったやつでしょう」

「ばれた？」

「ばれた」

と言いながら、私は彼の胸に抱きついていました。

あとで彼は〝ちゃんとした〟ネックレスもプレゼントしてくれて、もちろんそれもうれしかったんですが、私にとってもっと大切なのは〝しゃちほこキティ〟。

今日も同僚が言います。

「どんだけ地元愛だよ」

私は愛想笑いを浮かべつつ、心の中で思います。

地元愛じゃないよ、彼氏愛だよ。

EPISODE 24

Heartwarming Birthday Stories

気持ちさえ伝われば、プレゼントなんてなくてもいいと思う。でも気持ちを形にするのってやっぱり素敵なことだね。当人同士にしか、価値がわからないかもしれない。でもしゃちほこキティは、二人の心が確かにつながっている証拠。いつまでも幸せな気持ちが残るね。

EPISODE
25
Heartwarming
Birthday Stories

家族にとってのプレゼント

A gift for the family

わたしは3人姉妹の長女で、今日はまん中の妹の8歳の誕生日。

昨日はまん中の妹が寝静まってから、こっそりお母さんとケーキを作った。

一番下の妹も、眠たそうな目をこすりながら一生けんめい手伝ってくれた。

次の日、そのケーキを冷蔵庫の奥に隠してみんな学校へ行った。帰ったら、晩ごはんのときに妹のお誕生日パーティーをするんだ。誕生日プレゼントはお父さんが帰りに妹の大好きなリカちゃん人形を買ってきてくれる予定。

その日一日、もう妹のよろこぶ姿を見るのが楽しみで楽しみで、授業が全然頭に入らなかった。

下の妹もきっと同じ気持ちだったはず。しかもタイミングよく、わたしと下の妹が先に家に帰ってこれたから、まん中の妹が帰ってきたらふたりでクラッカーを鳴らそうと決めたんだ。


ベランダで見張り番をしてた下の妹が、階段をダダダッとかけおりてきて「おねぇちゃん！　チーちゃん帰ってきたー！」と叫んだ。

わたしたちがクラッカーをかまえると間もなくドアが開いて、まん中の妹が帰ってきた。

パン！　パン！

「チーちゃん、ハッピーバースデー!!」

まん中の妹は、目をまん丸にしておどろいた。

おどろいたままの顔で「ありがとう」と言った。

でもなんか様子が変だ。

まん中の妹は目を泣きはらしていた。

それもうれしいこと、たとえば他の誰かが誕生日を祝ってくれた、とかそういう感じの涙じゃない。

わたしはあわてて「これ、みんなで作ってんでー！」と思わず先にケーキを披露してしまう。

妹は一瞬笑ってくれたけど、やっぱり元気がない。なんで？　と聞くこともできない雰囲気。

そこへ「ただいまー」とお父さんが帰ってきた。

「はい、お待たせ」お父さんの手には約束通りのプレゼントが。

「お誕生日プレゼントやで、おめでとう！」

これでどうだ、という空気に変わる。

でも、プレゼントを受け取った妹はさらにうつむいてしまう。よろこんですぐに袋を開ける、と思っていたわたしたちは固まってしまった。

お父さんも様子がおかしいことに気づいた。

「チーちゃんどうしたの？」ついにお母さんが聞く。

すると、妹はとうとうワーンって泣き出してしまう。

「お父さんが死んじゃう〜」

「なに？　なに？」

「お父さん死んだらいやや〜」

「お父さんが死ぬてどういうこと？」お父さん自身もなんのことださっぱりといった感じだった。

「お父さん、もうタバコ止めて〜！」

「ええ〜？」お父さんはおどろいた。

お父さんはかなりのヘビースモーカーで、お医者さんからストップをかけられてるにもかかわらず、「タバコのない人生なんて続ける気ないわー」と開き直ってタバコを吸ってたのだ。

わたしもお母さんも心配でよく「止めた方がいいよ」と言ってたんだけど、聞く耳持ってくれないし、あんまり言うと怒り出すのであきらめてた。

タバコを吸いすぎると、どんな恐ろしいことになるか、まん中の妹は学校の図書室でそういう内容の絵本を読んだらしい。

しかもそれはしかけ絵本で、本の中からぼんっと飛び出した「タバコで真っ黒になった肺」にかなりびっくりしたみたい。

そんな絵本を読んだ上に、クラスには〝お父さんがヘビースモーカー〟という子が他にひとりもいなくて、妹は学校でもかなしくて泣いたらしい。

せっかくもらったプレゼントの箱を涙でぐしょぐしょにして、

「お父さん、死んじゃったらいやや〜！」

と叫んだ。

このとき、お父さんはかなり困った顔をしていたが、お母さんはいじわるな顔をしていたのをわたしは見逃さなかった。

「大丈夫やでチーちゃん。お父さん明日からもうタバコ吸わへんって約束してくれるから」

お父さんは「え?」と言ったけど、すぐ「うん。約束するからもう泣かんとき」と言った。

「ほんまに?」

「うん。ほんまや」お父さんが真面目な顔で言うと、妹はいつもの笑顔になった。

それからようやく楽しいお誕生日パーティーがはじまった。

そして翌日、お父さんは本当にタバコを吸わなかった。

お父さんは次の日も、次の次の日も吸わなかった。

その場しのぎだと思ってたけど、今日までお父さんはタバコを1本も口にしてない。

タバコのある人生よりも、家族を安心させる人生を選んでくれたんだ。

それは家族にとってなによりのバースデープレゼントだった。

EPISODE
25
Heartwarming
Birthday Stories

健康を大切にしてくれないお父さんは泣くほどキライ。そんなお父さんに伝えた想いは、「泣くほどお父さんが大好き」だということ。子どもにとって一番大切なプレゼントは、大好きなお父さんがそばにいてくれることなんだね。

EPISODE 26

Heartwarming Birthday Stories

はっぴばーすでーとぅゆー

Happy Birthday to You

私の妹はおとなしい子だ。

30年間浮いた話のひとつもなく、妹自身もそういう話にずっと興味がないようだった。

だから妹が30歳になって初めてできた恋人との「結婚を考えている」なんて打ち明けてきたときには、母も私もまだ相手の顔も見ていないのに大賛成した。

お相手の方は妹と同い年の生真面目な感じの男性で、おそらく妹と似たような境遇の30年を送ってきたんだろうなという印象を受ける人だった。

お互い人生初の合コンで知り合い、その日はひと言も話さずに終わったものの、次の日駅でばったり再会したことがきっかけとなって付き合いはじめ、わずか1ヵ月ほどで婚約にいたった。本当によかったと思った。


そして妹が結婚して1年ちょっと、彼女は男の子を生んだ。

タクマと名付けられたその子はかわいくて、私のことも「おねえちゃんおねえちゃん」と慕ってくれて、おねえちゃんだなんて、本当に素直でかわいい子だと思った。


ただ妹夫婦は少し生真面目すぎるところがあって、タクマ君にはアニメやゲームといったものに一切触れさせなかったし、玩具もすべて木製のものだけに限り、プラスチック製のものは絶対に与えようとしなかった。

かわいそうに思った母が、よく妹のいないときにこっそりアニメを見せてあげたりしたのだけど、素直でよい子のタクマ君はいつもその後、

「ママ、今日ね、おばあちゃんとアンパンマン見たんだよー！」

と報告してしまうものだから、おかげで母と妹はしょっちゅう電話で親子ゲンカしていた。


そんなふうにして、気づけばタクマ君は4歳になっていた。

ついこないだまでベビーベッドでバタバタしてたのになあ、と感慨にふけっていた頃、

「おねえちゃん……」妹から突然電話がかかってきた。

「最近タクマがね、まったく口をきいてくれないのよ」

声のトーンで妹が思い詰めていることがわかった。

「そういう時期もあるよ、あなたが厳しくしすぎてるんじゃない？」

軽い感じで答えると、

「うん……口をきいてくれないっていうかね、声をまったく出してくれないのよ」

と妹は声を落とした。

「え？　どのくらい？」

「1ヵ月くらい……タクマの声を聞いてない」

「ええ！」


それは本当だった。

タクマ君は、私が会いにいくなり笑顔を見せてくれたし、飛行機の模型や絵本も持ってきてくれて一見いつも通りなんだけど、声が聞こえてこない。いつもなら「おねえちゃんおねえちゃん」って呼んでくれるのに。

妹はあれからタクマ君をいろんな病院に連れていっているが、はっきりとした原因はわかっていないという。

ただどこに行っても言われるのが「精神的なものによる可能性が強い」ということ。

妹は「私の教育の仕方が悪かったのだ」と自身を責めていた。

「そんなことないよ。あなたはちゃんとタクマ君に愛情を注いであげていたもの。こんなのは一時的なものだよ」

私は慰め続けたが、妹から不安げな表情が消えることはなかった。


カウンセリングの先生が言うには、声が出ないからと言って気をつかいすぎることなく、できるだけ家の雰囲気を〝いつも通り〟にしてあげることが大切らしい。

だから私が顔を出したときも、妹は「ほらタクマ、おねえちゃんが会いに来てくれたよ！」と、いつもと変わらない笑顔で迎えてくれた。

タクマ君は笑ったりはするのだけど、あい変わらず声を出すことはない。それでも妹は〝いつも通り〟気丈に明るく振る舞っていた。

「ほらタクマ、アンパンマンだよ！」

妹はタクマ君にアニメを見せてあげたり、ゲームをやらせてあげたりするようになっていた。


タクマ君が声を失って、すでに3ヵ月が経とうとしていた。

その日は妹の誕生日だったので、私は両親と妹の誕生日を祝ってあげることにした。

ケーキを買って妹の家に行くと、

「あら、来てくれたんだ！」といつも通り明るく出迎えてくれる妹。タクマ君も嬉しそうに笑っていた。

妹の旦那さんも仕事から帰ってきて、私たちはささやかな誕生日会をはじめた。

食事をひととおり終えて、キッチンから持ってきたロウソクに火の灯ったケーキが妹の前に置かれると、部屋の電気が消された。

「ようし、歌うぞー」と父の合図。

みんなで手拍子をしながら、〝Happy Birthday to You〟を歌いはじめる。

ハッピーバースデートゥユー、ハッピーバースデートゥユー。

楽しい光景だった。みんなお互いの笑顔を確認しあった。

すると、かすかな声が聞こえた。

「はっぴばーすでーとぅゆー」

その場にいる全員が黙った。

「はっぴばーすでーとぅゆー」

タクマ君の声だった。

全員が驚いてタクマ君を見ると、タクマ君も驚いて歌をやめてしまったので、妹はあわてて手拍子を再開した。ハッピーバースデートゥユー、ハッピーバースデートゥユーと歌い直すと、その様子を見てタクマ君も安心したのか、また可愛らしい声で「はっぴばーすでーとぅゆー、はっぴばーすでーとぅゆー」と歌いはじめた。


ハッピーバースデートゥユー、ハッピーバースデートゥユー。

はっぴばーすでーとぅゆー、はっぴばーすでーとぅゆー。

妹は手拍子をしながら、何度もそのフレーズをくり返した。

目にいっぱい涙をためながら、でも〝いつも通り〟の笑顔が崩れないように、一生懸命我慢して、何度も何度もそのフレーズをくり返した。

ハッピーバースデートゥユー、ハッピーバースデートゥユー。

はっぴばーすでーとぅゆー、はっぴばーすでーとぅゆー。

ハッピーバースデートゥユー、ハッピーバースデートゥユー。
はっぴばーすでーとぅゆー、はっぴばーすでーとぅゆー。
ロウソクに照らし出された部屋に、親子の歌声がいつまでも響いていた。

EPISODE
26
Heartwarming Birthday Stories

親ががんばるのは子どもに幸せになってほしいから。でも時にはその思いが子どもを苦しめてしまうことがあるみたい。子どもにとっての幸せは、親が笑っていてくれることだったりするから。お母さんに笑顔になってほしくて出した声。きっとそれはお母さんにとってなによりの誕生日プレゼントだったんだね。

EPISODE
27
Heartwarming Birthday Stories

不器用な思いやり

バイト君から店長へ

Clumsy compassion 1

うちの店にアキラというバイトがいる。

明るくて、人なつっこくて、お客さんからの反応もいい。居酒屋のホール店員という仕事にマッチしている男だと思う。

ただ、かなり性格に問題があり生意気だ。店長の俺に対してもほとんどタメ口だし、トラブルが起きても勝手に対処するし、これをやってと頼んでも無視されることが多い。ときどき叱っても、「はいはいごめんねー」とかいうノリでちっとも反省していない。

たしかに俺は28歳の若造だ。けど、アキラは21歳だ。それでいて仕事は一つひとつ完璧だからタチが悪いのだ。

「アキラ、今度言うこと聞かなかったらクビだからな」

「クビはないっしょー。俺辞めたら店やばいっしょ」

「いや、ぜってークビだわ」

アキラはゲラゲラ笑う。

「またまたー。店長、そういうことは俺より仕事ができるようになってから言ってくださいよ」

「なんだと?·」いやなヤツだ。でもそれが真実だということは、俺が一番よくわかっている。

「お前なんていらねえよ！」

いつもそんなやり取りばっかりしていた。アキラは俺のことをまるで店長あつかいしない。でも不快ではなかった。


ある日、アキラから突然連絡が入った。

今日はなんだ？　遅刻か？　とか疑いながら電話に出たら、おばあちゃんが亡くなったという。

俺は、アキラがおばあちゃんっ子だったかどうかは知らなかった。

「実家、静岡なんで当分休みます。次、いつ店出れるかわかんないっす」

ただあきらかに電話の向こうで元気をなくしているアキラに、すぐにかけてあげる言葉を見つけられなかった。

「落ち着くまで、休んでいいからな」と言いそうになって、やめた。

「それ、困るわ」

「え？」

「おまえいないと困る。けどしょうがない。店はアキラ無しでなんとか回すしかねえわ。でもがんばるよ。心配しないで、好きなだけ休んで」

アキラはしばらく黙っていたが、「はい」とだけ言って電話を切った。


アキラ不在のために、人手の足りない店でがむしゃらに働いた数日後のこと。

「店長へ」夜中、携帯メールが届いた。

「いつもオレのことこき使ってくれてありがとう。店いそがしすぎるし、金曜日とか土曜日とか出勤すんの超ブルーです。もっと店がちゃんと回るように努力しようよ。オレとかに頼ってる場合じゃないでしょ」

後にはこんな文が続いていた。


「本当は直接伝えたかったけど、事情が事情なので無理になってしまったよ。

でも直接じゃない方が、伝えられることもあるもんだね。

文句ばっか言ってるけど、オレは店長がいる今の店が大好きだと思った。それだけ。

こんな感じですが、これからもよろしくお願いします。

P・S
お言葉に甘えてしばらく休もうかな。　　アキラ」

リンクをクリックしたら突然画面がきりかわった。
箱が元気良くひらくと同時に中からカラフルな文字が飛び出すアニメーション。
〝Happy Birthday!〟
時計の針は深夜0時を過ぎている。
そのときになって自分が誕生日を迎えたということに気づいた。
「覚えてたのか……」
不覚にも、俺は笑ってしまった。
あいつは本当にタチが悪い。
返信の文を考える。
「ありがとう」
と打って手が止まった。後の文が続かなかった。
本当にその言葉しか出てこない。

EPISODE
28
Heartwarming
Birthday Stories

不器用な思いやり

店長からバイト君へ

Clumsy compassion 2

たしかに「迷惑かけた分、どこでも代わりにシフト入るんで」とは言ったけど……まさか1月1日とは思ってなかった。

1月1日は正月だけど、オレの誕生日でもある。

こんな日にバイトはさすがにブルー。今日会うはずだった彼女もキレぎみだった。

ばあちゃんが死んだとき「好きなだけ休め」って言ってくれたのはありがたいし、その店長が今度はインフルエンザで倒れてしまったんだから、できる限り力になりたいと思ってはいるけど。

狭い三茶のワンルームで布団にくるまり震えている独身の店長の姿を思い浮かべるだけで、哀れになってきて今年の誕生日はくれてやるかという気にもなる。


店の電話が鳴った。鼻声の店長だ。

「店の調子はどう？」なんて聞いてくるから俺は言った。

「どうもなにも。こんな日はお客さんなんてほとんど来ねえよ。ねえ、オレ帰っていい？」

店長は「うーん」とマヌケな声でしばらく考えた後、「しょうがない。じゃあ2階の食器棚だけ片付けといてくれない？」

オレは面倒くせえなと思いながらも「それで帰っていいなら」とオッケーした。

年末に大掃除もしたし、食器棚はとくに散らかった感じじゃなかったし、なんでこんなところをもう一度掃除するんだろうと思いながら、下の引き戸を開けたら中から大きな袋が転げ出てきた。

袋には下手くそな字で「アキラへ」とだけ書かれている。

中は見なくてもわかる。オレの好きなブランドのパーカーだ。

「やりやがった」

狭い三茶のワンルームで布団にくるまっている店長を思い浮かべる。

その顔は笑っているに違いない。

EPISODE 27/28

Heartwarming Birthday Stories

男の子同士の友情って乱暴な感じがして、たまに見ているこっちがヒヤヒヤすることがある。けれどこうやって時折見せる素直な気持ちでつながっているから、ちょっとやそっとで壊れないんだね。特に誕生日には、不器用な男の子ですら素直にさせてしまう魔法があるのかもしれない。

EPISODE
29
Heartwarming
Birthday Stories

生まれたての卵

Newborn egg

K君と知り合ったのは小学校の入学式のとき。

小学校に上がる寸前に引っ越ししてきたこともあって、顔見知りもいなかった僕。帰る方向が同じだったK君に、勇気を出して声をかけ一緒に帰った。

「僕んち、ここなんだ」と、まだ自分でも見慣れない新築のわが家を指さした。

するとK君は「本当？　こっち来て！」とすごい力で僕を引っ張り、そしてうちから徒歩30秒のところで「僕んちはここなんだ！」と嬉しそうに言った。

K君の家は、反対にあまり新しくはなかった。……というかボロかった。

でも敷地は広くて、砂利道なんだけど庭があって、狭い鳥小屋があって、ニワトリが飼われていた。

「すごいでしょ僕の家！　〝庭には2羽ニワトリ〟がいるんだよ！」

僕はこのひと言でK君のことを一発で気に入った。面白いやつだと思った。

他にも犬とかインコ、アヒルもいたけど、2羽のニワトリの名前が「ナガイキ」と「ナマイキ」だったのが印象深かった。（これは余談だけど「ナマイキ」の方がおとなしくて、「ナガイキ」の方が先に死んでしまった）

僕たちはすぐに仲良くなった。

そしてK君と遊んでいるうちに気づいたのだけど、K君は学校の友だちに自分の家のことを知られたくないらしい。

僕は家があまりにも近いことに興奮してつい教えてしまいそうになったけど、ボロい家を友だちに見せるのがいやなのかもしれないと思って我慢した。

でも僕はK君ちが大好きだった。台所をヒヨコの行列が横切ったり、インコが挨拶してくるのを見たり、庭にある大きなグミの木に二人で登ってグミの実を食べたりすることが、楽しくて仕方なかった。

まっ白な外壁の僕んちとは違って、K君の家はそこら中に冒険があふれていたのだ。

(一方でK君は僕んちの屋根裏が大好きで、天井をひっかけ棒で開けてハシゴを出すときいつも目をキラキラさせていた)

ある日、グミの木の枝に座っているK君に僕は言った。

「明日さ、僕、誕生日なんだ」

するとK君は目を丸くした。

「本当？　僕も、明日だよ！」

一番の近所の友だち同士が、同じ日に生まれたなんて。僕たちはものすごく嬉しくなって地面に飛びおりて、二人で意味のわからないダンスを踊ったりした。

「よし！　明日、僕の家で遊ぼう！」と僕。「うん！　なんかプレゼントを持っていくよ！」とK君。とっさに（K君ち、貧乏そうだけど大丈夫かな）と思ったけど、気にせずその日はお互いの家に帰った。

次の日、母は夕方まで留守だったので、僕はお皿にキャラメルを盛り付けて、K君が来るのを待った。

ピンポーン。ドアを開ける。そこには息を切らしたK君が立っていて、その手にはなにか持っていた。

「え？　K君……それは？」

「卵だよ！　ナマイキの！　今朝生まれたてのほやほや！」

その卵はいつも冷蔵庫で見るものより、少し茶色かった。

「なにするの？」

「卵焼きしよう！」

いや「卵焼きしよう！」とかそんなキラキラした目で言われても。

「かわいそうじゃない？」素直に思ったことを言うと、

「大丈夫だよ！　孵《かえ》っちゃうと育てるの大変だし。それにヒヨコなら家にもういっぱいいるし」

孵られたら困るのか。

僕はK君ちの中を歩くヒヨコの大群と、それを踏みそうになってひっくり返るK君の家族の姿を思い出して、

「よし、焼くか！」とできるだけ明るい感じで応じた。

生まれてはじめて触るコンロ。母のやり方を思い出しながら、火をつけてフライパンに油をひいて卵を割った。僕が必死になっているところに、いきなりK君が大きな声を出す。

「その卵も僕たちと同じ誕生日！」

なんでそういうことを言うの……。

自分がものすごく残酷なことをしている気分になった。でもパチパチと音を立てはじめたフライパンを前に、僕は完全にそれどころではなくなった。

どんな料理ができあがるかすらわかってない。けど、どきどき見守っていたら、だんだん見た目が目玉焼きみたいになってきたので、あわてて火を止めた。人生初めての料理はあっというまに完成。

はしっこが少し焦げたけど、なかなかのできばえだった。

「わあ、すげー」

とよろこんでくれたK君とナイフで2等分して、フォークで突き刺し、おそるおそる口に入れてみる。

「いけるね！」

「おお、いけるいける！」

すこし殻みたいなのが入ってたし、味がなかったけど、すごくおいしかった。

「いつも自分で作ったりするの？」

「まあ、これくらいならね」と僕はカッコつけた。

一日ですごく大人になれた気がした誕生日。

それから半年くらいして、K君はどこかに引っ越してしまった。

急なことで別れのあいさつもなかった。

K君の家だった場所には、新しいまっ白なお家が建って別の人が住みはじめ、今ではもう大きなグミの木はない。

ただ、あの目玉焼きの味は今でも忘れられない。

EPISODE

29

Heartwarming Birthday Stories

K君が持ってきた卵には、友情、冒険、お祝いや感謝の気持ち…いろんなものが詰まっていたんだね。それだけですごくうれしかった。かっこつけずに、背伸びせずに、今、自分が持っている物の中で精一杯の贈り物をする。誕生日プレゼントって、ずっとそういうものであってほしいな。

EPISODE 30

Heartwarming Birthday Stories

おばあちゃんのお寿司

My grandmother's sushi

僕は小さい頃、毎年おばあちゃんの家で誕生日を祝ってもらっていました。

昔、おばあちゃんに回転寿司に連れて行ってもらったとき、僕はエビばっかり取っていたみたいです。そのことを覚えていたおばあちゃんは、僕の誕生日にはいつも必ずお寿司の出前を取ってくれるようになりました。

だから小さい頃の誕生日の思い出といえば、ショートケーキの隣にエビのお寿司がたくさん並んでいるという風景。

でも高校生になる頃には、〝家で自分の誕生日を祝う〟という機会はすっかりなくなり、おばあちゃんの家にも行かなくなりました。

友だちといる方が楽しかったし、そもそも家族と一緒にいること自体が恥ずかしい、という年頃だったのです。

そんなある年の誕生日、特に予定もなく家にいたら、突然家のチャイムが鳴りました。

ドアを開けると、そこに立っていたのはおばあちゃん。

おばあちゃんは大きな風呂敷を持っていました。

「今日はさとし君の誕生日やろ？　おばあちゃん、酢飯こしらえてきたから。大好きなエビのお寿司いっぱい握ってあげるからな」

僕の正直な気持ちは「ちょっと困った」でした。

自分の誕生日をそんなに大ごとにされても、と恥ずかしいという気持ちしかありませんでした。

それでもおばあちゃんは、テーブルに風呂敷を広げ、自分の家でボイルしてきたエビをいそいそと握りはじめました。「ちょっと酢が多かったかねぇ」とかぶつぶつ言いながら。

もちろん寿司職人ではないおばあちゃんのお寿司は、お米がベチョベチョになっていて、おまけに強く握りすぎて、手の体温でエビが生温くなってしまっている始末。

僕はその温かさがちょっとイヤだなあ……と思ったのを覚えています。

結局、僕はお寿司をほとんど残してしまいました。

「失敗しちゃってごめんねぇ」

おばあちゃんはそう言いながら残ったお寿司を、酢飯を入れてきたお重に片付けていました。

帰りには「来年はもっとうまく作るからねえ」と両手を合わせて、さみしそうに笑っていました。

おばあちゃんはそう約束したまま、年が明けた1月、震災で亡くなってしまいました。

僕はちょっとやそっとのことで泣いたりする方ではなかったのです。

でも冷たくなってしまったおばあちゃんの横で、たくさんたくさん泣きました。

実を言うと、おばあちゃんは祖父の義理の姉にあたる人なので、僕とは直接血のつながりはありません。

それでもいつでも僕に一番優しくしてくれて、僕がエビが大好きなこともずっとずっと覚えてくれていたおばあちゃんです。

あのときお寿司を全部食べてあげられなかったこと、「おいしいね」って言ってあげられなかったことを、ずっと心残りに思っています。

今では僕の誕生日に、ケーキとお寿司が一緒に並ぶことはなくなりましたが、おばあちゃんが握ってくれたちょっと酸っぱくて、おばあちゃんのぬくもりで温くなったあのお寿司の味は、きっと一生忘れないと思います。

EPISODE 30

Heartwarming Birthday Stories

人はそばにあるものを遠ざけようとすることがある。その「当たり前」が面倒くさかったり、鬱陶しく感じたりして。でもいつかその「当たり前」を無くしてしまったとき、何かが「当たり前」ではなくなってしまったとき、はじめていろんなことに気づくことができる。新しい幸せを探すことはとても大事なこと。だけど今ある幸せに気づくことも同じくらい大事なこと。誕生日は、当たり前になっている身の回りのこと一つ一つに、ちゃんと「ありがとう」を伝える日。いつも、ずっとこれからも、ありがとう。

EPISODE 31

Heartwarming Birthday Stories

子どもたちからの贈り物

A gift from the children

私には3人の子どもがいます。

長女は17歳、長男が15歳、次女が13歳です。

私は、心身ともに疲れきった状態でした。

理由は夫にあります。互いに20歳という若さで結婚をしたため、〝遊び〟というものを知らずにここまで来た夫は、その反動が出たのでしょうか。事もあろうか彼女を作り、ほとんど家に帰ってこなくなってしまったのです。

たまに帰ってくれば口論の絶えない日々を送っていました。


ただ、高校受験をひかえた長男、中学校に入ったばかりの次女、吹奏楽で全国区の名門校に入学して朝から晩まで部活に励む長女、それぞれ大切な時期を迎えている3人の子どもたちに負担をかけたくない一心で、なんとか離婚という結末だけは避けるようがんばっていました。

その結果〝一家の主が週に一、二度しか帰ってこない〟という異常な状況が、我が家にとっては日常になっていたのです。

帰ってくるときは「ただいまー」なんて何食わぬ顔で帰ってくる夫。

それを嫌な顔ひとつせず「あ、パパ、お帰りー」って言ってあげられる子どもたちは、私たち夫婦よりもずいぶん大人に見えたものです。

やがて私も子どもにならうような形で、無駄な口論をするのは止めて、たまに夫が帰ってきてもできるだけ普段どおりに振る舞うようになりました。

夫をかばうわけではありません。でも根が優しい彼は、もちろん「家庭をこんな状態のままにしてはいけない」と頭ではわかっていながらも、おそらく相手の女性の境遇に親身になりすぎて、情が移ってしまったのだと思います。

ダメとわかりながら、なかなかこの状況から抜け出せないと、夫も夫なりに苦悩しながら日々を送っているようでした。

私は、そんな夫がいつか自分で答えを出してくれる日を待つことにしたのでした。

家族一人一人が毎日悩み、神経をすり減らしながら過ごし、まさに指で軽くつつくだけで簡単に壊れてしまいそうな、そんな家庭でした。

ある日、私は気晴らしのつもりで映画を見にいくことにしました。

ひとりで見にいくつもりでネットで上映情報を検索していると、たまたま家にいた夫が

「お、それ俺も見に行きたいなあー」なんて気まぐれに言い出したのです。

夫婦の距離を縮めるためのいい機会でしたが、そのとき私は逆に夫と距離を置きたいと思っていた時期でもあり、微妙な気持ちになりました。どうしようか私が煮え切らない態度でいると
「私も行きたーい！」

と、長女が私たちの間に元気な声を滑り込ませてきました。

その声に押されるように、私も「3人なら」と了解しました。

3人分のチケットを予約すると、夜になって
「私も映画見たい！」と次女が言い出し、しかも「お兄ちゃんも来るでしょ？」と無理やり長男まで誘ったのです。

長男は「えー、その日友だちと約束あるしなー」なんて渋っていましたが、なんだかんだ言いながら、その場で友だちに電話をして約束をキャンセルしました。

こうして親子5人で出かけることに決まりました。

親子5人で出かけるなんて、7、8年前にディズニーランドへ行って以来のことでした。

映画は亡き夫と最愛の娘を題材にしたもので、今の自分の境遇ともリンクし深く心に残りました。

中でも主題歌でもあったサラ・ブライトマンが歌った〝Time To Say Goodbye〟という曲が本当に大好きになって、映画を見た後すぐその足でCD屋さんに立ち寄ったくらいです。そして帰りの車の中はサラ・ブライトマン一色になりました。

しかし夫は映画館を出るとすぐ、どこかへ出かけていきました。

行き先はわかっていましたが、家族の誰もそれを口にはしませんでした。

夫がいない帰りの車の中、音楽を聞きながら無言で運転する私に、長女は「ママ、さっそくCD買っちゃうなんてミーハーだね」なんていって場をなごませようとしてくれましたが、私はうまく答えられませんでした。

〝Time To Say Goodbye〟はサヨナラを言うとき。

そんなときが近づいているのかなと、思いをめぐらせていたからです。

それから数ヵ月後、その日は私の誕生日でした。

あい変わらず夫の帰ってこない毎日が続いていて、子どもたちと4人で夕食をとっていました。

別に誕生日だからといって、なにかを期待してたわけではありません。

むしろ自分の誕生日なんて気にかけないので、たまたまカレンダーを見たときに思い出し、あわてて夕食をとりあえず少し豪勢なすき焼きに変えるといった有様でした。

3人の子どもたちもいつもとなんら変わる様子はなく、テレビを見ながらダラダラと食事を口に運んでいました。

妻の誕生日にもかかわらず帰ってこない夫。ダラダラと食事をする子どもたち。疲れきっていた心と身体。

いろんな要素が重なって、私はついに溜めていたものを爆発させてしまいました。

「あんたらいつまでダラダラしてんの！　さっさと食べて部屋の片付けでもしなさい！」

突然の私の怒鳴り声に、子どもたちはあわてて部屋を飛び出し、2階の自室へと戻っていきました。

やってしまった。

子どもたちだって、一杯一杯でがんばっているはずなのに。絶対に怒鳴ったりしないようにと注意していたのに。

私はまだ食べかけだったみんなのすき焼きを、一つひとつ片付けながら思いました。

(もう、うちの一家は終わりかもしれない)

誰もいなくなってしまった食卓で、ひとり自分を責めました。

ごめんね、本当にごめん。

ぼんやり立っていたら、2階から長男が「ねえ」と呼ぶ声がしました。

長男は複雑な表情を浮かべていて、私もどういう態度を取ればいいかわからず、なにか言おうと口を開いたら、

「2階、片付けたから見にきてよ」

長男が先にそう言ったので、私は黙ってうなずき2階にあがりました。

「ちゃんときれいにしたよ」

その声を合図に私がドアを開けると、
パンパンパン!!

突然のクラッカーの音。

子ども部屋はいつの間にか様変わりしていました。折り紙で飾り付けされていて、たく

さんのお菓子が並べられていて、3人の子どもが笑顔でこちらを見ています。

「ママ！　お誕生日おめでとう！」と子どもたち3人の声。

三角の帽子をかぶった次女が、驚いている私の手を引っぱりました。

「あなたたち、これどうしたの？」

子どもたちのお小遣いの少なさは、恥ずかしながら私が一番よく知っています。

でも「いいからいいから」と言う次女に促され、部屋の真ん中に用意されていた椅子に座ると、いきなり音楽が流れはじめました。

エレクトーンの音。

この曲は……。

〝Time To Say Goodbye〟

いつか親子5人で聞いた曲でした。

しっとりとしたストリングスの音。

少しずつ物語が動き出すように入ってくるドラムの音。

最近では恥ずかしがって、すっかり私の前では弾かなくなったエレクトーンを、長女が私のために演奏してくれていました。

私にばれないようにするために、楽譜も買わず一から音色を作って夜な夜な〝Time To Say Goodbye〟を練習していたんだな。

部屋を飾り付けしてくれたのはきっと折り紙が得意な次女だな。

機嫌の悪い私を呼びに来てくれた長男は、いつの間にかホームビデオを出してきて私の泣き顔をニヤニヤしながら撮影していました。

少ないお小遣いを兄妹で出し合って準備してくれたんでしょう。

エレクトーンを弾く長女の横顔が、だんだんにじんで見えなくなってきました。

子どもたちの心のこもったサプライズに、私はずっとずっと我慢してきた涙を、止めることができませんでした。

「みんな、ありがとう」


その夜、夫から電話がかかってきました。

「……誕生日おめでとう」

「ありがとう」

「あの……こんなこと言う資格はないことはわかってるけど」

話しにくそうにしている夫に、私は子どもたちが開いてくれたサプライズパーティーのことを話しました。

過ぎ去った時間はもう二度と取り戻せない。夫はそう思っているのかもしれません。でも私たちの知らないところで、子どもたちはいろんなことを考えてくれている。それぞれが素晴らしい人間に成長してくれている。

そして簡単に壊れてしまいそうな私たちの家庭を、ずっと笑顔で支えてくれているのは、私たち夫婦ではなく子どもたちなんだと伝えました。

夫はなにも言わず、ただ鼻をすする音だけが聞こえました。


こんなに感動的な誕生日は、もう二度と経験することはないかもしれない。心からそう思いました。

実際、翌年の私の誕生日はささやかな誕生日でした。

小さな誕生日ケーキを、ただテーブルの脇にぽつんと置いただけ。

でもそれは一家5人ですき焼きの鍋をつつく、平凡で幸せな誕生日でした。

あの日エレクトーンを弾き終えた長女が、私にこっそり教えてくれたのです。

「Time To Say Goodbye には〝過去にサヨナラを言う〟っていう意味が込められているんだよ。新しい未来へ、あなたと一緒に行こうって」

EPISODE 31

Heartwarming Birthday Stories

子どもが親の想像を超えるのって、何歳くらいのときなんだろう。わかっているのは〝それは親が考えているよりもずっと早い〟ということ。自分が悩んでいることを、自分以上に感じ取る。そして自分以上に、なんとかしようとしてくれている。想いは子どもに届く。見えなくても、子どもはわかってくれているんだね。

あとがき

私は昔から誕生日が大好きです。

小学生の頃、母がなけなしのお金をはたいて開いてくれた、ささやかな誕生日会がきっかけでした。心がふわっと温かくなるあの感覚。あのとき私は初めて自分の存在を認めてもらえたような気がして、とってもうれしかったことを覚えています。

みんなにお祝いしてもらうのって、こんなにうれしいことなんだ。

そのときそう強く感じた私は「みんなの誕生日もお祝いしたい」と心から思い続けるようになりました。

今回この本を書くにあたって、多くの人たちから誕生日に関する話を聞き、「誕生日って楽しい思い出ばかりじゃないんだ」と気づかされました。

せっかく開いた誕生日会に招待した友だちが一人も来てくれなかったという人、誕生日の当日に恋人にふられてしまったという人、誕生日のたびに亡くした家族のことを思い出すという人もいました。

それでも、不思議とみんなが口をそろえて言っていたのが、

「誕生日をお祝いするのは大好き！」

誕生日はどんな人にとっても、幸せな日であってほしい。そう願う気持ちは、みんな共通なのかもしれません。

誕生日は年に一回の特別な日。私がこの世に生まれてこれたこと、そしてあの人が生まれてきてくれたことに、あらためて感謝できる日だと思っています。

うれしい日もあるし、かなしい日もあるし、「一人じゃないよ」「一緒にがんばろう」ってはげまし合える日でもある。そんな誕生日の素晴らしさを再確認してほしくて、本を書かせていただくことになりました。ここまで読んでくださって、本当にありがとうございました。

最後にもう一つだけお伝えしたいことがあります。

実はこの本の発売日は出版社さんのご厚意で、私自身の誕生日である4月24日に合わせていただきました。またこの日は私が11年間続けてきたMinxZoneというポップスバンドのデビュー日でもあります。

デビュー曲に選んだのは『紙ピアノ』という曲。これは私の小さい頃の実体験をもとに作った曲です。

小学1年生のときに癌で父を亡くして以来、私の母はがむしゃらに働き私たち兄弟3人を立派に育ててくれました。そんな家庭環境だったので、私は通っていたピアノ教室を途中でやめることになり、結局おもちゃのピアノすらも買ってもらえませんでした。

それでも私は画用紙にピアノの絵を描いて、意地になって練習していました。紙に描いたピアノを弾き続けていたのです。そんな私がデビューするなんていまだに信じられませんが、今だから言えるのは〝才能や環境がなくたって、夢を見たり、追いかけることを誰も拒んだりはしない〟ということです。もし興味を持っていただけましたら、『紙ピアノ』を聴いてみてください。私は本にも音楽にも、同じ気持ちをこめています。

出会ったすべての人に感謝したい。

誕生日という日がすべての始まりであるように、今日という日があなたの大切な人を、大切にするきっかけになってくれたらうれしいなと思います。

最後に、この本を書くにあたってエピソードを提供してくださった皆様、インタビューに協力してくださった皆様に心から感謝いたします。本当にありがとうございました。

MinxZone　十川ゆかり

MinxZone

十川ゆかり

Sogo Yukari

1979 年 4 月 24 日生まれ。大阪府出身。3 人組ポップスバンド "MinxZone" のボーカルとして活動中。2012 年には E テレ・アニメ「はなかっぱ」のオープニングテーマ（4 月～ 9 月）に起用されるなど老若男女の心に響く作品を届けている。楽曲のみならずトークへの注目度も高く、特にライブ終了間際に紹介していた " 心温まる誕生日エピソード " は多くのファンの涙を誘った。

こちらから十川ゆかり（MinxZone）
の歌を視聴できます（PCのみ）

www.minxzone.net

モバイル用はこちら

Epilogue

この世で一番大切な日

The most important day in the world

いつものように夜が明けはじめた頃。

妻の希望もあって、自然分娩という分娩台を使わないお産をする予定でしたが、途中で赤ちゃんの心音が低下したために急遽部屋を移されることになりました。

そんな中、出産に立ち会っていた僕はというと、男として情けないことに長時間におよぶ緊張のせいで酸欠を起こして倒れてしまいました。

空気が薄くなって、まわりの喧騒が静かになっていくのを感じて、次の瞬間には分娩室の白いベッドの上に横たわっていたのです。

朦朧とする意識の中「頭が出たよ！」の声で我に返ります。

やがてひっぱりだされる小さなからだを目の当たりにした僕は、なんだかとても不思議な空間に放り込まれたような感覚に包まれました。

病院に運び込まれてから8時間、とても長い時間をかけて生まれてきたその姿に、まばたきすらできない。ただ見ているだけなのに、涙がぼろぼろ流れ落ちてきました。

大人になって、結婚して、妊娠して、子どもが生まれる。

そんなことはすべて「あたりまえ」のように起こる出来事なんだって、子どもの頃はずっと思っていました。けれど実際はその「あたりまえ」なことのどれもが、たくさんの奇跡の積み重ねの上に成り立っているんだと、心の奥底から感じることができました。

こんなにちっちゃな命を生んでくれた妻。誰に教わるでもなく生まれてきてくれたこの子。本当にありがとう。

32年間生きてきて一番うれしかった誕生日は、僕のどんな大切な思い出よりも、今日この娘が生まれた日です。

世界中の親たちは、きっと僕と同じ気持ちなんだろうな。

そう気づいた瞬間、「誕生日を祝う」って本当に素晴らしいことなんだって、この年になってようやく理解できたような気がしました。


ハッピーバースデー。

いつでも、誰にでも「しあわせ」という言葉がくっついている日。

今日も、心から感謝の気持ちをこめて伝えたい。

おたんじょうび、
おめでとう。

この世で一番大切な日

心温まる31の誕生日ストーリー

2011年 4 月24日　初版発行
2015年 7 月16日　第9刷発行（累計6万6千部）

著者　十川ゆかり（MinxZone）
構成　waio ／ ayuha（MinxZone）

イラスト　佐藤香苗
デザイン　井上新八

エピソード提供　市嶋弦／右近勇人／きたう／kyo ／戸辺真一／パールメッセージ／
HAPPY☆Orion ／美織／宮崎舞／やっちん／やも／ YU ／（株）Bリサーチ

発行者　鶴巻謙介
発行所　サンクチュアリ出版

〒151-0051
東京都渋谷区千駄ヶ谷2-38-1
TEL　03-5775-5192(代表)／FAX　03-5775-5193
URL　http://www.sanctuarybooks.jp/
E-mail　info@sanctuarybooks.jp

印刷・製本　中央精版印刷株式会社